楊家將

管家琪◎改寫
熊大木◎原著　蔡嘉驊◎圖

作者的話

世代盡忠的楊家將

在宋元之際，很多民間藝人就已經把楊家將的故事編成戲曲，搬上舞台。到了明代，民間文學家又把楊家將的故事編成小說和評書等形式，其中由熊大木所編寫的《楊家將演義》是較具代表性的一本著作。本書主要就是根據熊大木版的《楊家將演義》所改寫。

熊大木生活於明朝嘉靖和萬曆年間，一生編寫了不少通俗小說，主題通常都是歌頌忠孝節義，反應了強烈的民族主義以及愛國精神，在明清小說史上占有重要的地位。當然，明、清兩代古典白話長篇小說的創作進入繁盛時期，英雄傳奇小說本

來就是一個重要的門類。所謂「英雄傳奇小說」，一般都是以歷史上某一位著名的英雄人物為主人翁，可是在講述這位英雄人物可歌可泣的故事時，又不拘泥於正史，而是廣泛的蒐集了許多正史以外的稗官野史，因此這類小說往往極具故事性。

《楊家將演義》是熊大木的代表作，就是在真實人物的基礎之上，不斷吸取話本、雜劇等各項藝術形式中的情節所融會而成的一部作品，長久以來在民間廣為流傳，頗受喜愛。

小說講述北宋一代名將楊業一家數代浴血沙場、世代盡忠、抗遼衛國的故事。書中的重要人物楊業、楊延昭和楊文廣，在歷史上都確有其人。《楊家將演義》在情節上經過大膽的虛構和誇張，塑造了一大批突出的人物，譬如英勇忠義的楊業、智勇雙全的楊六郎、巾幗英雄穆桂英、忠心耿耿的孟良和焦贊等等，尤其是佘太君、穆桂英等楊門女將，居然能夠披上戰袍，勇敢的走上戰場，無異是突破了封建社會中婦女普遍信奉的「二門不出、二門不邁」的傳統，在中國歷代文學作品中是非常少見的形象。

此外，故事中披露了封建社會統治者的昏庸，以及忠良屢屢遭到陷害的荒唐與無奈，使得楊家將的故事在今天看來不免會帶著一些愚忠的色彩，但無論如何，他們世代不變的愛國情操還是令人非常感佩，這也是楊家將的故事之所以能不斷流傳的重要原因吧！

目錄

1 宋太祖的遺願

唐朝一共二百七十四年（西元618-907），如果把中國歷史上唯一一位女皇帝武則天的武周也算進去，就是二百八十九年，因為在武則天暮年，張柬之等大臣發動了政變，逼武則天還政於中宗，也就是要武則天把帝位還給大唐，同年冬天武則天就過世了，享年八十二歲。武則天在位十五年（西元690-705），辭世前留下遺詔，交代去帝號，要大家以後還是稱她為「則天大聖皇后」。後來，唐朝又延續了將近兩百年，唐玄宗即位以後還開創了難得的「開元盛世」，天寶年間全國人口高達八千萬，直到爆發了安史之亂才逐漸走向衰敗。

唐朝於西元907年滅亡，宋朝則是在西元960年所建立，唐宋之間還有五十三年，歷史上把這個時期稱為「五代十國」。所謂「五代」，是指在唐朝滅亡以後，在中原地區陸續更替的五個政權，分別是後梁、後唐、後晉、後漢以及後周，後來以「黃袍加身」為由篡後周而建立宋朝的趙匡胤，原本是後周的大將。宋朝誕生以後，「五代」結束，但從唐末歷經五代一直到宋初，在中原地區之外還存在過許多割裂政權，其中前蜀、後蜀、吳、南唐、吳越、閔、楚、南漢、南平（荊南）、北漢等就是「十國」。這十國都是一直到北宋初年才陸續被宋軍所消滅，北宋也直到這時才算是基本實現了全國統一。

北宋初年的抗遼大將楊業，人稱楊令公，最初就是一位來自北漢的名將。一開始，由於宋朝與北漢還是敵對狀態，楊業可真是讓宋軍吃了不少苦頭。楊業不僅自己精通兵法並且武藝超群，夫人佘太君，七個兒子延平、延定、延朗、延輝、延德、延昭、延嗣，還有兩個女兒八姐和九妹，一個個都是出色的武將，楊家將真可說是人才備出，令人敬羨。

開寶九年，宋太祖得到情報，說北漢國君劉鈞下令各個將領日夜操練兵馬，懷疑北漢會有什麼動作，就與眾大臣商議對策。大臣們都認為應該先下手為強，樞密使潘仁美還極力主張太祖親征來激勵士氣。經過考慮，太祖接受了親征的建議，便以潘仁美為監軍，高懷德為先鋒，親自統帥十萬精兵往潞州進發。

消息傳到北漢的首都晉陽時（在今天山西太原南），國君劉鈞大驚失色，急忙命幾名大將立刻領兵五萬迎敵。正面交鋒的結果，北漢軍大敗，將領趙遂狼狽萬分的退守澤州，十萬火急的派人連夜趕回晉陽去討救兵。這時，有大臣對國君劉鈞提出建言，認為在此危急關頭，唯有趕緊召楊令公過來，否則其他將領恐怕都不會是宋軍的對手。

稍後，楊令公得令，馬上命長子延平守好應州，自己則與一名大將一起率兵以最快的速度奔赴澤州，希望盡快為北漢軍解圍。

當宋軍哨馬（就是負責哨探的騎兵）發現北漢救援軍隊正迅速向澤州趕來，馬上把這個重大情報向監軍潘仁美報告，潘仁美遂立即與先鋒高懷德一起討論，做好布署，定下三陣的大將，潘仁美則是在後頭率大軍接應。

第二天，天剛矇矇亮，宋軍負責打頭陣的將領蕭華引軍前進，正好與楊業所率的兵馬正面遭遇，戰鬥也隨之展開。沒有幾個回合，蕭華便被楊業給斬了，宋軍敗下陣來。緊接著，宋軍負責打第二陣的將領趙鎔出馬應戰，這回交手的情況稍微好了那麼一點點，趙鎔撐了二十幾個回合，最終也慘死在楊業的刀下。

宋軍負責打第三陣的是高懷德和高懷亮兄弟，高懷德得知蕭華與趙鎔都已死於楊業之手，非常震驚，趕緊與弟弟高懷亮引一萬兵馬前來應戰。此時，原本被困於澤州城內的北漢將領趙遂見形勢有利，也打開城門率軍殺出。兩軍相遇，楊業十分勇猛的殺入宋軍陣中，高懷德迎戰，雙方大戰五十回合還不分勝負，直到楊業第六個兒子、很多人都稱為「楊六郎」的延昭趕來，才將高懷德挑落馬下。眼看哥哥命在旦夕，高懷亮拚死搶救，好不容易才總算將哥哥救回陣中，但這場戰役明顯還是北漢軍占了上風，宋軍死傷慘重。

高懷德灰頭土臉的回到軍中，向潘仁美報告，說楊業實在是太厲害了，連斬他們兩員大將。身為監軍的潘仁美只得去向太祖稟報，說楊家將很不好對付。太祖聽了，嘆了一口氣，幽幽的說：「難道這是上天存心不讓我平定河東嗎？」（因黃河流經山西省西南境，而山西在黃河以東，所以唐代以後都用「河東」來泛指山西，而北漢占據今山西中北部十一個州，所以太祖所說的「河東」就是指北漢。）

太祖沒了信心，當即和諸將領商議，打算班師回朝。

監軍潘仁美的女婿楊光美此時也在軍中，很擔心楊業會乘勝追擊，便自告奮勇向太祖表示要去跟楊業講和。

楊光美見了楊業，說明來意，楊業一聽便笑道：「你們主公削平諸國，有人跟他講和嗎？」

楊光美見楊業似乎不願接受議和，無懼自己身在敵營的處境，板著臉厲聲道：「我們聖上英武而承大統，恩威加於諸國，所到之處，如泰山之壓危卵，俯首稱臣者不計其數，如今大駕親臨河東，想要取得成功其實是指日可待，現在只是不願看到生靈塗炭，又敬重將軍的威名，不肯傷害，所以才會提議議和。將軍不要忘了中原擁有無數的謀臣勇將，如果全力揮師東進，你晉陽能夠確保無事嗎？將軍又能永遠常勝嗎？」

聽了楊光美這番慷慨陳詞，楊業竟一時語塞，不知道該如何接腔。這時，楊業身邊的幕僚都認為如果激怒宋人，恐怕非河東之福，楊業遂接受了講和，答應回兵。楊光美接著又去見北漢另一大將趙遂，趙遂也同意講和。於是，太祖便正式下詔班師。

這天，宋軍在回朝途中行經太行山，便在山腳下駐紮，讓兵馬都稍事休息。不料，當宋軍準備再度啟程的時候，卻被一夥強盜模樣的人攔住了去路，人數還不少，大略估計至少也有五千人。

前鋒副將潘昭亮（潘仁美的兒子）出馬喝問道：「誰敢阻攔聖駕？」

前方領頭的是一個面色黝黑的壯漢，大聲回答道：「擋住聖駕不為別的，只求留下衣甲三千副、弓弩三千張給小將寨中使用，將來聖上再下河東，我們願意充當先鋒。」

潘昭亮一聽，嗤之以鼻道：「哼，口氣還真不小啊！也不想想中原有多少英雄，要你這個無名草寇有什麼用？還不趕快讓開，我就饒你一條狗命！」

壯漢瞪眼道：「好啊，只要你贏得過我，我自然會放車駕過去！」

見強盜如此猖狂，潘昭亮也不囉唆了，立刻跳上馬背舉起槍（「槍」是古代的一種兵器，在一根長柄上的頂頭裝著尖尖的銳器），大喝一聲就衝了過去。

壯漢毫不在意，鎮定自若的舉槍迎戰，交手兩個回合以後，抽出鋼鞭便把潘昭亮活生生的打死馬下。宋軍將領大驚，馬上又有人提刀來戰，然而都不是壯漢的對手，沒有多久壯漢便輕輕鬆鬆的生擒了兩個宋軍將領，吩咐手下押回山上去。

高懷德見狀，很是吃驚，「真沒想到在這裡居然還會有這麼厲害的人物！」

語畢，高懷德親自出陣應戰。

這時，太祖對那名壯漢也很好奇，忙令楊光美傳旨讓他們停戰。

原來，這個強盜頭子名叫呼延贊，父親原是北漢朝廷的諫議大夫，後來遭奸人陷害，不僅丟了官，甚至連一家老幼都全遭奸人毒手，只有最小的呼延贊和母親在那場滅門慘禍中僥倖逃過一劫，後來母親跟了賀蘭山上的一個強盜頭子馬忠，並把孩子改名為馬贊，隱姓埋名，直到孩子十四、五歲的時候，才告訴他真相，馬贊從此也改回本姓。儘管後來性情激烈的呼延贊手刃了仇人，也以牙還牙將仇人一家殺盡，但還是不解恨，仍然對北漢充滿了仇恨，所以當他得知宋太祖出師河東但無功而返，便想著希望能為宋太祖效力。

在了解了呼延贊的一番誠意之後，太祖說：「如果他能為朝廷立功，我怎麼會捨不得三千衣甲和弓弩呢？」

太祖下令軍政司把呼延贊要求的衣甲和弓弩悉數交給他。呼延贊大喜，也立刻把方才抓到的兩位宋軍將領給送回來，還向他們賠罪，再跟他們一起去見太祖。太祖當即封李建忠（這是另一個強盜頭子）為保康軍團練使，呼延贊為團練副使。

宋太祖在班師回朝的途中冒沖暑氣，一回到京師便病倒了。到了隆冬十月，病勢加重，遂遵母后臨終遺命，召弟弟晉王光義入侍，並且囑咐道：「朕看你走起路來龍行虎步，他日必為太平天子，但到了那一天，希望你還是能夠善待你的姪子德昭……」

德昭是宋太祖的兒子，人稱八王爺。

晉王光義自然是滿口應允。太祖接著又交代了三件說是自己還來不及做完的大事，要光義切記心頭，一定要做到，第一，河東北漢，不可不取；第二，太行山呼延贊，應該將他召來重用；第三，北漢將領楊家父子智勇雙全，一定要設法將他們爭取過來，使他們為大宋效力，還要好好的禮遇他們，在金水河邊造一座宅第讓他們一家居住。

最後，太祖又賜兒子八王德昭一把金鐧，說是讓八王德昭在有必要的時候可以用來除掉朝廷裡的奸臣。

楊

2

呼延贊力爭上游

太祖駕崩以後，晉王光義即位，這就是宋太宗。

太宗謹記哥哥臨終前的吩咐，首先派人到太行山召李建忠和呼延贊入朝。兩人自然都很高興，但李建忠考慮到他們所在的位置距離河東太近，深怕萬一同時離開，北漢會趁虛來奪山寨，因此向使臣表示，不如讓呼延贊先去吧，自己身為保康軍團練使，還是應該留下來守寨，這樣日後聖駕要下河東，就能效命從征。

翌日，呼延贊便率部眾兩千人，偕夫人隨著　使臣一　起離開太行山，

不日來到汴京（北宋都城，今天的河南開封）。

太宗見呼延贊身材魁梧，凜凜英風，對呼延贊的印象很好。呼延贊退下以後，太宗問群臣近城有什麼好地方可以讓呼延贊安頓下來？潘仁美說，京城東門外有一座皇府，原是龍猛寨，十分寬敞，還有壯兵一千看守，是一處很理想的住處，不妨就把那裡給呼延贊吧。太宗准奏，隨即下旨叫呼延贊去皇府居住。

然而，第二天呼延贊找到那兒一看，發現所謂的皇府居然只是一座破房，好些牆壁都倒塌了，到處都結滿了蜘蛛網，還滿院荒草，顯然已經很久都沒有人在此居住，而最令人啼笑皆非的是，那所謂一千壯兵其實也不過都是些老弱殘兵，而且只有區區五百人。

呼延贊見狀，很不高興，夫人馬氏連忙勸慰道：「將軍息怒，這一定只是暫時讓我們居住，等日後聖上再下河東，將軍立下戰功，我們就可以離開這裡了。」

呼延贊想想也對，自己就算再怎麼勇猛善戰，畢竟目前還沒有立下任何汗馬功勞，憑什麼讓聖上厚待自己呢。想通了以後，呼延贊便打起精神，命大家立刻把宅院打掃乾淨，就這麼安安心心的住了下來，並且第二天就開始在校場操練。

這個時候，呼延贊再怎麼也想不到「皇府」變成破屋並不是偶然，更不是什麼無心之舉，而是有人痛恨他，存心想要為難他。這個人不是別人，正是潘仁美，因為之前兒子潘昭亮在戰鬥中死於呼延贊之手，令潘仁美恨透了呼延贊。

當潘仁美得到情報，說呼延贊不以破屋為意，已經很快安頓妥當，並開始整飭戎武，部下號令嚴明，都不敢私自入城擾亂百姓。潘仁美不由得心想，沒想到這麼一個粗人居然能夠如此沉得住氣，不為朝廷如此怠慢而不悅，治軍似乎也很有一套——不行，此人不除，日後一定會成為自己的心腹大患。

潘仁美主意打定，很快便定出一個除掉呼延贊的計謀。

過了幾天，呼延贊出於禮貌來拜訪潘仁美，並且誠懇的表示既然來到京城，今後當竭盡全力，以報先帝知遇之恩。

潘仁美冷冷的問道：「你知道先帝曾經留下過一個規矩嗎？」

呼延贊老實回答：「小將初來乍到，並不了解。」

他萬萬沒有想到，潘仁美接下去竟然會說：「先皇規定，凡是那些招安下山的強盜，都要施一百棍殺威棒！」

呼延贊大驚失色，腦筋還沒轉過來到底是怎麼回事就被推倒於階下，狠狠的重責了一百棍！

可憐他就算是英雄好漢，一百棍挨下來也是皮開肉綻，鮮血淋漓，連在場好多小兵看了都覺得很不忍心。

稍後，呼延贊回到家裡，夫人馬氏見他如此悽慘，忙問究竟發生了什麼事？等到呼延贊說完，愣了半晌，只得說：「既然這是先帝立下的規矩，將軍也只得忍耐了。」

呼延贊不吭聲，十分氣惱，但也十分無奈。

馬氏趕緊命人暖過醇酒，遞給丈夫。呼延贊正覺口渴，接過來之後仰頭便飲，不料，一碗熱酒剛剛喝完，呼延贊便慘叫一聲，昏厥過去。馬氏嚇壞了，倉皇失措，無計可施，無論怎麼搖丈夫的身子、又怎麼淒厲的喊丈夫的名字，丈夫都一點反應也沒有。

馬氏嚎啕大哭道：「我們下山本來是為了要效忠朝廷，現在怎麼會變成是跑來送命啊！」

這時，身邊有一個老兵上前安慰道：「夫人不要哭，還有救的，我這就去拿解藥！」

說罷，這個老兵就轉身匆匆離開，不多久果真帶了一些藥丸回來，放在水裡調好，急急忙忙灌進呼延贊的嘴裡。等了好一會兒，呼延贊果然慢慢的甦醒了。

老兵說：「那些棍棒一定是都先浸過毒藥，將軍被打之時，毒性侵入肌肉，一遇熱酒便立即發作，所以人才會悶死過去。」

老兵還解釋自己也曾經受過這樣的酷刑，幸好有一個方外道人給了靈藥，才被救活過來，剛才他拿來的那些藥丸就是當年所剩的靈藥。

接著，老兵又提醒呼延贊，一定是潘仁美想要陷害他，勸呼延贊還是趕緊離開京城，否則難保不會再次遭到潘仁美的毒手。

呼延贊聽罷，怒道：「權臣當國，哪有我們的立足之地？」

他隨即下令收拾東西，連夜就帶著夫人和部眾回太行山去了。

呼延贊回山後第三天，幾個好兄弟正好來太行山拜訪李建忠，見到呼延贊都覺得很詫異，紛紛說：「你不是受宣入朝了嗎？怎麼會在這裡？」

李建忠代為回答道：「真是一言難盡啊……」

得知呼延贊被潘仁美挾怨報復，受了那麼大的委屈，大家都覺得很氣憤，便率領大批人馬下山把懷州城給圍了起來，逼守將向朝廷上奏，替呼延贊申冤。

這個辦法果然奏效，太宗看了懷州守將的奏章，非常生氣，馬上叫潘仁美過來問話，質問他為什麼要陷害呼延贊。面對指責，潘仁美卻面不改色的一概否認，堅持是呼延贊自己想回太行山才走的，跟自己一點關係也沒有，但如今既然聖上愛才，那麼他願意親自再去召呼延贊進京。

呼延贊就這樣再度回到京城。太宗召見了他，當面向他承諾等到出兵河東的時候一定會重用他。呼延贊謝恩退下。

呼延贊一心希望能夠盡快向聖上展現自己的本事，剛好太宗其實也很想了解呼延贊的實力，八王爺建議不妨在校場來一次特別的演練，上演一個發生在唐朝，有關單雄信在御果園追殺小秦王，然後尉遲恭救駕的故事。

這天，太宗與八王爺等人便親自來到校場，太宗賜給呼延贊一條金鞭，讓他扮演尉遲恭，賜給許懷恩（這也是一位相當出色的將領）一柄檀槍，讓他扮演單雄信，再賜給八王爺畫弓翎箭，讓他扮演小秦王，然後命三人用心演練。

八王爺先跨上一匹高頭駿馬揮鞭而去，許懷恩在後面挺槍追趕，緊接著八王爺轉身連發數箭都被許懷恩閃過，場中軍士紛紛驚嘆叫好。呼延贊眼看許懷恩氣勢逼人，看得著急，立刻催馬提鞭，放聲大喊：「呼延贊救駕來了！」

許懷恩見呼延贊追來，回馬迎戰，雙方戰了二十多回合都還分不出勝負。這時，呼延贊心想，這裡距離聖上那裡太遠，如果在這裡取勝怕聖上看不清楚，還是顯示不了自己的威風，便假裝不敵，回馬便走，許懷恩取勝心切，自然是一個勁兒的縱馬急追，等到一追到將台前，呼延贊忽然一轉身，很快便揮起金鞭將許懷恩一鞭打落馬下。

這一幕太宗可是看得清清楚楚，不禁大悅道：「不愧是先帝賞識的人才，呼延贊果然是真將軍呀！」

太宗當即賜給呼延贊黃金一百兩，駿馬一匹，讓呼延贊到天國寺住下。呼延贊非常高興，潘仁美則是在私底下咬牙切齒，恨恨的等待著下一個能夠再好好整整呼延贊的機會。

轉眼到了二月初一，潘仁美的機會來了。這天，太宗援例要去太廟拜拜，按規矩所有大臣都必須在家門前立一塊「起居碑」以示迴避，但是呼延贊因為不知道這個規矩，所以就沒有立碑，結果被潘仁美發現了，竟以「對聖上不敬」為由喝令立刻將呼延贊綁赴法場處斬，幸虧八王爺及時得到消息才救下了呼延贊。

此外，八王爺擔心呼延贊還會被陷害，乾脆請太宗給呼延贊下了一道優詔，這樣就算以後呼延贊又忽略了什麼規矩，也不至於再被拿來大作文章了。對於八王爺的照顧，呼延贊自然是拜謝不已。

3 反間計楊業歸宋

宋太宗謹記著太祖臨終前「河東北漢，不可不取」的遺命，決定統領十萬精兵親征北漢。同時，太宗任命潘仁美為北路都招討使，高懷德、呼延贊為正副先鋒，八王爺為監軍。

大軍離開汴京以後，便一路向河東征進，只見旌旗閃閃，劍戟層層，將士們也一個個都精神抖擻，軍容十分整齊。不到一天，來到懷州，李建忠等幾個呼延贊的好兄弟紛紛拋下山寨，也加入了宋軍，矢志效忠太宗。太宗大悅道：「此次一定能將河東拿下！」

第二天，宋軍直達北漢邊疆天井關，守將與呼延贊交鋒，很快便敗下陣來，被呼延贊一槍挑落馬下。高懷德隨後率軍趁勝攻取了天井關。宋軍勢如破竹，殺得北漢兵將只得望風而逃。

北漢國君劉鈞得知天井關失手，眼看宋軍就要逼近國都晉陽，憂心如焚。大臣丁貴獻計，認為宋軍遠道而來，肯定糧草不足，很難持久，現在不妨一方面堅守晉陽，另一方面也趕緊向遼國蕭太后求援，請求遼國出兵澈底斷掉宋軍的糧道，這樣一定就可以逼宋軍退兵。劉鈞覺得這個計謀非常高明，馬上派出使臣帶著求援信去見遼國蕭太后。

蕭太后考慮到北漢地接遼界，兩國是一種脣齒相依、利害與共的關係，幫助北漢實際上就是在幫助遼國自己，便答應了北漢的請求，立即任命宰相耶律沙為都統，冀王敵烈為監軍，率精兵兩萬救援晉陽。

消息傳到絳州，太宗得到消息，十分震怒，下令乾脆先戰遼兵，再攻晉陽。

諸將得令，立即商議該如何一舉打敗遼兵。一位名叫郭進的將領認為用兵一定要掌握先機，此時遼兵已經到了白馬嶺，距他們所在位置相去四十里，有一個橫山澗正好可以一時扼住遼兵來路，他願意率所部渡水進攻，大軍在後接應，一定可以取勝。眾將領都認為這個計策很好，便按這個計策去執行，由郭進擔任先鋒。

與此同時，遼兵這兒的將領對於作戰方針卻無法取得一致的意見。都統耶律沙認為，宋軍一定會希望速戰速決，因為這樣對他們有利，因此主張與監軍也就是冀王敵烈一起阻橫山澗而列陣，等宋軍渡河來戰，但是等到宋軍渡河渡到一半的時候，他們就迅速同時殺出，肯定可以把宋軍殲滅；但敵烈認為如果讓敵人先渡河，遼兵看了恐怕會心生膽怯，影響士氣，因此堅持一定要先發制人，率軍渡澗。

然而，遼兵剛過山澗，還沒來得及上岸，就聽見從東邊傳來金鼓齊鳴，喊聲震天，這是郭進擔任的先鋒率軍殺來，敵烈掄刀迎戰，兩馬相交，戰上二十多回合，還沒等到分出勝負，從遼兵左邊又有一個彪悍的大將殺出，原來是呼延贊，挺槍躍馬，勇猛的衝進遼兵之中。遼兵都統耶律沙眼看敵烈力戰宋軍兩個將領，情勢危急，急忙催促士兵渡澗相救。這時，宋軍由高懷德所率領的後應又已殺到，兩軍大戰，箭如雨下。

敵烈漸漸不支，郭進則繼續緊咬不放，鼓勇向前，不一會兒揮起提刀，一刀就把敵烈斬落於澗中。見主帥戰死，遼兵軍心大亂，無心戀棧，紛紛潰逃，宋軍乘勝追擊，遼兵被殺死在澗中者不計其數，連澗水都為之阻塞。最後耶律沙好不容易才帶著殘兵從小路逃回幽州去了。

大敗遼兵之後，太宗非常高興，再度下令立即向北漢都城晉陽進兵。北漢國君劉鈞聞訊，嚇得面如土色。大臣丁貴說，事態緊急，還是趕緊召楊令公父子出兵吧，但是因為楊業上回接受宋軍議和的事令劉鈞有些耿耿於懷，對於是否要再召楊業也就有些猶豫，然而眼前又找不到其他有把握與宋軍對決的將領，無奈之下只得還是派人去下詔書。楊業立即率三萬精兵前來救援。

哨馬報入宋軍之中，主帥潘仁美召集諸將議戰。席間，呼延贊說：「小將早就聽過楊家父子的大名，自命天下無敵，我願意先去與他一戰！」

潘仁美應允，呼延贊便率兵馬八千立即來到距離臥龍坡十里左右的地方，等待楊家兵馬。

而楊業這裡，在得知前方有宋軍阻斷去路之後，不以為意的笑道：「敵賊不知死活，自己跑來送死，誰先出馬？」

話音剛落，第五個兒子楊延德就自告奮勇，然後帶著五千精兵上前。兩軍對陣，延德提著戰斧跨馬跑出，高聲叫道：「宋將何不速退，以免自取滅亡！」

呼延贊則大怒道：「無名小將，我看你今天是走不了了！」

說著，呼延贊便挺槍躍馬，直取延德，延德也毫無懼色，舞斧迎戰。兩騎相交，二將連戰四十幾個回合都還分不出勝負。呼延贊不由得心想，人家都說楊家父子英雄，看來真是一點也不假啊！

因馬力疲乏，雙方只得都暫時收兵回營，等翌日再戰。

延德回去以後，向父親秉告了戰況，楊業說：「聽說宋軍中有一個名叫呼延贊的將領，武藝精銳，難道就是這個人？待明天讓我親自去會會他。」

第二天，楊業果真親自率兵出戰，只見他金盔銀鎧，白馬紅袍，左有延朗

（這是他第三個兒子），右有延昭（這是第六子），父子將兵，威風赳赳。潘仁美看了，暗暗稱奇，問陣中誰先出馬，結果還是呼延贊搶先挺槍出馬，與楊業展開大戰。

這回的戰況似乎更加激烈，居然戰了七十幾個回合還是你來我往，不分勝負。

忽然，宋軍鳴金收兵。

原來，太宗始終沒有忘記太祖臨終前曾經交代過要將楊家父子吸收過來的遺願，如今看到楊家父子盡是英雄豪傑，十分欣賞，更堅定了想要招撫的決心。太宗同時也想到，只要招降了楊家將，拿下北漢也就有如探囊取物了。

得知太宗的心意之後，八王爺獻計道：「北漢國君劉鈞心胸狹窄，早就懷疑楊家父子與我方勾結，只要我們略施小計，保管楊家父子歸降……」

是什麼計謀呢？那就是反間計。

太宗有感於上回派楊光美與楊業議和非常成功，決定這回再派楊光美來執行反間計。於是，楊光美帶著厚禮，包括黃金千兩、錦緞千匹以及各種珠寶，連夜趕到河東，悄悄會見劉鈞的寵將趙遂。

趙遂看到楊光美帶來這麼多的禮物，喜不自勝，楊光美乘機說，如果楊令公這次不能取勝，河東必遭大難，可是如果取勝，楊令公恐怕也會居功自傲，今後一定會威脅到趙遂的地位。趙遂本來就是一個小人，原本就已經非常妒忌楊業，如今聽了楊光美的挑撥，又收了那麼多的厚禮，當即表示一定會暗中協助，除掉楊業。

趙遂一方面命手下四處散播謠言，汙衊楊令公受了宋人的金銀珠寶，打算造反，另一方面又跑到國君劉鈞面前，說自己得到可靠情報，指楊令公有意投降。因為上回的議和事件，劉鈞對楊業已經有了成見，現在聽了趙遂的饞言，更加深信不疑。這天，劉鈞召楊業進宮討論國事，楊業一入殿便被劉均下令五花大綁，以「私通敵營」的罪名，當場就要被拖出去斬首！幸虧大臣丁貴也在場，拚命為楊業解釋和擔保，主張應該讓楊業先去打退宋軍，如果打不贏再論處也不遲。

終於，劉鈞勉強同意，就令楊業去退宋軍。

楊業回到營中，把方才驚險的一幕告訴幾個兒子。得知父親無端受辱，還險些莫名其妙被斬首，幾個兒子都很氣憤，第五個兒子延德還說，既然國君如此不辨是非，不如乾脆歸順宋軍算了。

楊業厲聲喝道：「住嘴！不要胡說！」

幾個兒子雖然表面上都不吭聲，但心裡卻都有了歸降的想法。

第二天，楊業率領楊家將前往叫陣，但是一連好幾天，宋軍就是沒人出來應戰。這其實是宋軍想要造成一個休戰的假相，好讓劉鈞懷疑楊令公作戰不力。

「休戰」期間，楊光美也曾來向楊業招降過，不斷的說太宗是多麼的寬厚仁愛，對他又是多麼的欣賞，勸楊令公還是棄暗投明，歸順中原，否則就算是如此掏心掏肺的對國君盡忠，卻仍遭猜忌，這到底是所為何來呢？

儘管楊業並沒有同意，還是希望宋軍能夠派出將領應戰，但劉鈞不了解這其中的緣由，只看到一連數日始終沒有動靜，很不滿意，便派人前來督戰，這個舉動無疑是說明了對楊業的不信任，深深的傷害了楊家將。

更糟糕的是，在這幾日的對峙中，眼看軍中糧草將盡，劉鈞在出於對楊業有所懷疑的情況下，竟然不肯接應，弄得楊業進退兩難，只好先領兵退回應州。這時，宋軍又散播謠言，說北漢國君看楊業公退守應州，非常憤怒，已經派人再度前往大遼求援，將征討楊家父子抗兵私逃之罪。

這下子，楊業真的有一種被逼到死角的感覺，不知如何是好。與家人商議，全家人都勸他歸降宋朝。楊業徹夜未眠考慮了一整晚，終於決定歸順北宋。

太宗盛情接待楊家父子，並先授楊業邊鎮團練使之職，統率所部，等到班師回京，再議升擢。楊業受命而退，將帶來的軍馬駐於城南，按甲不出。

緊接著，宋軍直撲晉陽，北漢國君劉鈞嚇得魂飛魄散，只得投降。

至此，太祖臨終前所交代的三個遺願就都實現了。

4 楊家將的重大犧牲

太平興國四年，在拿下北漢以後，太宗原本打算班師回朝，潘仁美卻說，河東地接幽州，契丹屢為邊患，既然現在已經平定河東，不如趁勝進兵遼國，以杜後患。對於這個建議，其實很多將領都不贊成，楊光美就認為，河東初定，將士們都累了，糧餉補給也有困難，眼前還是應該先回京師，日後再訂攻打遼國的計畫。然而，太宗最終還是決定暫不回京，要一鼓作氣向遼國進發。

不久，宋軍先後抵達遼國的邊境易州和涿州，守將自知無法抵抗，便開城投降。宋軍順勢一路推進，很快就逼近遼國的都城幽州。蕭太后驚恐不已，急命耶律休哥為元帥，耶律奚底、耶律沙為正副先鋒，率五萬精兵出城應戰。

大戰第二日，太宗親臨戰場，忽然從宋軍陣後傳來陣陣炮響，轉眼間就看到遼將耶律學古帶領著大批部下以排山倒海般驚人的陣勢殺了過來，太宗見情勢不妙，落荒而逃，哪知幾個遼將竟在後頭緊追不捨，眼看就快追上太宗了！

緊要關頭，楊六郎延昭及時策馬攔住了遼將的去路，展開慘烈的廝殺，總算把幾個追趕太宗的遼將都一一解決，救下了太宗。此時，楊七郎延嗣也快馬趕到，看太宗早就摔下馬來，坐騎也早就跑了，立刻把自己的馬讓出來讓太宗騎上，然後和哥哥延昭一起護著太宗殺出重圍。

這是楊家將第一次在戰場上救下太宗，但當然不會是最後一次，而在稍後另一次戰役中，楊家將為了救太宗，付出了慘重的代價……

事情還得從太宗見征遼一時無法取勝，只得下令班師回朝開始說起。

回到汴京之後，太宗為鼓舞士氣，重賞有功將士，其中自然也包括了救駕有功的楊家將。太宗封楊業為代州刺史兼兵馬元帥，他的幾個兒子也都封為團練使，賜居金水河邊的無佞府，就像太祖生前交代的那樣。

這麼一來，楊家將的責任也就更重了。

接下來，遼國得勝，反而野心大增，展開伐宋。一次不成，又來一次。當北宋遂城守將得知十萬遼軍再度來犯，一方面堅守城池，另一方面也派人急報朝廷，請求後援。遂州是幽、燕兩州咽喉之地，一旦失守，後果將不堪設想。太宗得到消息之後，就立刻命楊業率五萬精兵前去抗敵。

楊業得令，立刻啟程。同行的還有五郎楊延德和六郎延昭。

稍後，楊家將與遼兵遭遇之後，展開幾番激烈的殊死戰，最後成功的打敗遼兵，拿下了極其重要的瓦橋關。此時楊業本想一舉平定幽州，不料忽然接到聖旨，要他班師回朝，楊業不敢抗命，只得照辦。

回京之後，楊業得到很多賞賜。為慶祝邊境安寧，太宗還下詔賜京城百姓飲酒三天。

過了一段時間，一天，太宗心血來潮，想去五台山拜拜。大臣寇準很不贊成，因為五台山在宋遼邊境，寇準認為目前戰事稍息，還不適合貿然前往，但向來擅長逢迎拍馬的潘仁美看得出太宗很想去，不想掃興，便順著太宗說去去無妨，而且只要命楊令公的長子延平護駕，一定就可以保證太宗安全，萬無一失。太宗聽了如此順耳的話很是滿意，果真立即下詔命楊延平為護駕大將軍，率禁軍兩萬，護駕前往五台山。

本來就像寇準說的，去五台山已經很不合適了，沒想到太宗到了五台山，並且也已經燒香禮佛完畢，還不肯回京，說想再多玩兩天，緊接著，只因遠眺幽州風景覺得很美，竟說還想去幽州一遊。隨行的八王爺等人聽到如此荒唐的念頭都大吃一驚，八王爺急忙勸阻道：「萬萬不可啊！幽州就是遼國蕭太后所居住的地方，有重兵把守，陛下如果前往，不是等於自投羅網，還是請陛下趕快回京吧！」

或許是因為這番話說得太直接，太宗感到很下不了台，居然賭氣道：「當年唐太宗平定遼東，不是也親臨戰場，今天朕有千軍萬馬在此，哪裡會怕什麼蕭太后！你們隨我去就是了，不必多慮！」

看太宗不高興，八王爺也不敢再諫。

無奈之下，眾將領只得保護太宗離開五台山，前往幽州。不久，進入邠陽地界的時候，遇到遼兵阻擋，但被護駕大將軍楊延平殺退。太宗很高興，車駕隨即進入邠陽駐紮。

與此同時，遼將收拾殘兵逃回幽州，火速向蕭太后報告，說宋帝車駕現在駐紮在岐陽，他們被殺退而回。蕭太后大驚，問宋帝怎麼會在這裡？遼將說，宋帝日前在五台山拜拜，想順便來此遊玩。

「遊玩？哼，這可真是太好了！」蕭太后說：「之前眾臣還在商討如何興兵伐宋，沒想到有此良機，他竟自動送上門來！」

蕭太后當即下令，命天慶王派出數萬大軍前往岐陽，捉拿宋帝。

太宗眼見遼兵圍城，登樓一看，赫然發現放眼望去盡是密密麻麻的士兵，烏屯雲集，這才有感於自己堅持要去幽州是多麼的莽撞與不智，終於知道懊悔了，可是，再怎麼懊悔對於此刻該如何脫離險境又有什麼幫助呢？

潘仁美建議，楊業屯兵在代州，距岐陽不遠，現在情況危急，不如趕緊召他來救駕。太宗一聽，立即燃起無限的希望，但緊接著而來的問題自然就是——在眼前如此險峻的情況之下，該派誰去通知楊業？

楊延平立即挺身而出，毅然道：「我去！」

不一會兒，楊延平帶著聖旨，披掛上馬，開東門殺出。遼將見有人從城內衝出來，料想一定是要去別處討救兵，立即上前攔住，但因不敵楊延平英勇，很快被楊延平一槍挑於馬下。

楊延平趁勢殺出重圍，終於順利來到代州，見到了父親。楊業接了聖旨，馬上發兵，父子八人一起連忙奔赴邠陽。

遼兵接到情報，說楊家將正往邠陽這裡趕來，天慶王立即召諸將商議對策。天慶王說：「楊業是一個勁敵，此番前來救駕，父子必將死戰，我們恐怕打不過，不如先退，放他們入城，然後再重新重兵圍城，這樣不出一個月，一定就可以將他們君臣統統困死在城裡。」

眾將領都很贊同這個計策，紛紛下令把軍馬撤圍，往後退了五里。

哨騎報入楊業軍中，楊業說：「番人不戰而退，必有陰謀……」

但是，既然是要救駕，也只得「明知山有虎，偏向虎山行」了。

果然，楊家將才剛剛進入邠陽，楊業和太宗以及眾將領還在商討接下來該如何脫困，就有士兵急急忙忙跑來報告，說遼兵又來了，又把整個邠陽城團團圍住，軍馬好像比之前還要更多！

楊業立即率幾個兒子登城觀望，果然看見四面八方全是遼兵，而且分布整齊，軍馬著實可觀。楊業見狀，不禁感嘆道，如此堅兵，該如何對付？就算他們父子能夠殺得出去，又怎麼能保證眾文臣尤其是太宗的安全？

「現在恐怕就算是諸葛亮再世，也無計可施啊！」楊業又嘆了一口氣。

這時，長子延平接口道：「難道我們就這樣坐以待斃嗎？」

焦慮之情，溢於言表。

楊業默默的考慮了一會兒，「我是想到一條脫困之計，只是必須先找到一個肯盡忠的人——」

話還沒說完，延平就打斷道：「這有何難？我就是啊！父親不是一直告訴我們要以死報宋君，想想我們父子自從來到宋朝，主上對我們非常禮遇，今有患難，我願以死盡忠！」

楊業見延平神色自然，全無一點為難，知道延平方才所言完全是出於真心，便看著延平，平靜的表示：「那就可以保君臣無虞了——」

當楊業這麼說的時候，其實內心是很痛的——

翌日，宋軍於邠陽城西插起了降旗，遼將見狀，各個欣喜若狂。不久，遼國天慶王便率領眾將，戎武齊備，於城西降旗下高聲叫道：「既然宋朝天子情願納降，就請出車駕相見，我們絕無傷害之意。」

說完，就在原地等候。

他們沒有等太久，就看到幾面黃旗引導著宋朝天子的御車果然緩緩的從西門駛了出來，待來到靠近天慶王的位置，御車的羅幔被徐徐拉開，天慶王看到一身龍袍的宋朝天子果真坐在裡頭，可還沒等到天慶王看清楚，情勢忽然急轉直下，車內的宋朝天子居然以極為迅速的動作拈弓拉箭，「嗖！」的一聲，箭便飛了過來！

天慶王還不知道是怎麼回事便應聲而倒，從馬上栽了下來！

緊接著，宋朝天子還身手矯健的跳出車外，厲聲叫道：「我是楊令公之子，楊延平！」

遼將這才恍然大悟，原來他們是中了調虎離山之計！

確實是如此，宋軍先打開西門，由楊延平穿著龍袍，假扮太宗坐在御車裡，再由二弟、三弟、四弟、五弟護衛著出去詐降，與此同時，楊業和第六子、第七子則已經護送喬裝打扮的太宗以及眾文官從東門突圍而去。

當太宗終於安全回到汴京，詢問邠陽那裡的情形，得知假扮自己、讓自己爭取出逃時間的楊延平，在一箭射死天慶王之後，遭到遼軍圍攻，全軍覆沒，英勇戰死，不禁流著淚對楊業說：「這都是寡人的錯啊！」

楊業則強忍住悲傷回答道：「臣曾有誓，要以死報陛下，如今數子雖然戰死，這都是他們的命，陛下不必深憂——」

是的，為了保護太宗以及眾文臣脫困，楊家將真是死傷慘重，大郎、二郎、三郎都戰死了，四郎和五郎就算僥倖沒有戰死，以後也都不能再和父親一起像過去那樣的馳騁於沙場。

話說當天五郎在好不容易孤身一人殺出重圍時，突然想起不久前在五台山的時候，禪師曾經給過他一個小匣子，神祕的吩咐他要好好的帶在身邊，遇到危難的時候才能打開。此時，聽到後頭遼兵仍然喊聲不絕，五郎便把放在懷中的小匣子拿出來，打開一看，發現裡頭只有一把剃刀和一紙度牒（舊時官府發給合法出家人的證明文件）。五郎立即會意禪師這是要他趕緊剃度，打扮成和尚，方能躲過這一劫。眼見情勢險惡，五郎沒有考慮太久就接受了禪師的建議，裝扮成和尚，然後朝五台山走去，希望先活下來，日後再尋求為大宋效忠的機會。

在此一役之中，四郎則是楊家將中唯一被生擒並且被帶回到遼國蕭太后的面前。四郎原本是抱著必死的決心，沒想到蕭太后見他一表人才，又知道他武藝高強，很是喜歡，竟招他為駙馬。從此，四郎便改名為木易，做了遼國駙馬，實際上也是打算先潛伏下來，日後再伺機報仇。

5 李陵碑下的悲劇

楊家將為保護太宗做出那麼重大的犧牲，太宗與群臣商議該如何封賞才對得起這一門忠烈，然而，潘仁美向來忌恨楊業，深恐楊業要是得到的賞賜太多，官位會超過自己，便以如今邊境多事，需要一個像楊令公這樣的大將鎮守為由，主張封楊業為雄州防禦使，讓楊業負責鎮守邊關。其實潘仁美是想讓楊業遠離京城，然後再想辦法暗中把他除掉。太宗不明白潘仁美的心思，想想邊境的安寧確實是非常重要，遂按照潘仁美的提議去做。

楊業領了君命，回到家中吩咐兩個女兒八姐和九妹要在家好好服侍佘太君，自己則帶著六郎延昭和七郎延嗣趕往雄州上任去了。

不過，沒過多久，楊業又被召回汴京共商國事。原來，遼軍自從上回在邠陽大勝宋軍以後，信心大增，竟大舉從瓜州南下，打算進軍中原。消息傳入京師，太宗命潘仁美為招討使，負責抗遼，潘仁美知道這將會是一場硬仗，便立即向太宗上奏讓楊業擔任先鋒，表面上是讚美楊業厲害，說除了他沒人擋得住來勢洶洶的遼兵，實際上是想乘機實施一條毒計……

太宗准奏，便遣使把楊業召回汴京。回到京城，並且也朝見過太宗以後，楊業回家，夫人佘太君看到他，十分驚訝，問楊業怎麼會突然回來，楊業便把緣由說了一下。佘太君皺著眉頭說：「這可不大好啊——」

第二天，佘太君拄著龍頭枴杖去朝見太宗，太宗降階相迎。為什麼太宗會對佘太君如此禮遇？因為那個龍頭枴杖是太祖皇帝遺敕所賜（「敕」就是帝王的詔書），上面掛著一個小牌，御書八個字：「雖無鑾駕，如朕親行」，太宗自然要對佘太君敬重三分。

太宗問佘太君有什麼事？佘太君直截了當的表示：「聽說陛下命將防禦番兵，但主帥潘仁美與楊先鋒向來不睦，此行恐怕會對楊先鋒不利，懇請陛下看在他們父子都忠勤於國的分上，能予以善待。」

太宗想想也對，便問身邊的大臣該怎麼辦？八王爺建議不妨召老將呼延贊一起出征，呼延贊剛正不阿，一旦有什麼事一定會秉公處理。太宗認為這個建議很好，便令呼延贊為監軍，與楊業一起征遼。

對於這樣的安排，潘仁美雖然不樂意，但表面上當然也不好多說什麼，只是在私底下詢問心腹米教練：「我恨透了楊業父子，本想趁這次機會悄悄把他們除掉，沒想到現在多出一個礙事的，你看這下該怎麼辦？」

米教練說：「這個簡單，先把礙事的除掉就是了。」

不久，潘仁美率大軍向瓜州進發，來到黃龍隘後，分東西兩營紮下營寨，讓呼延贊負責東營，潘仁美自己負責西營。翌日，遼兵一早就擺開陣勢前來叫陣，此時由於楊業奉太宗之命先回雄州調集兵馬，還沒趕到，對於遼兵的叫陣其實大可不必理會，但潘仁美卻慫恿呼延贊先上，還保證自己會率軍在後面接應。呼延贊果然就勇敢的舉槍迎戰。

呼延贊畢竟已經有些上了年紀，因此儘管還是非常的勇敢，在拚殺了好幾十個回合以後，體力漸漸有些不支，而原本答應要作為後應的潘仁美又遲遲不肯出兵支援，導致呼延贊腹背受敵。

正在危急關頭，忽然東邊旌旗捲起，鼓聲震天，一個彪形大將十分勇猛的殺了出來，呼延贊定睛一看，不禁吁了一口氣，原來是楊業到了！

楊業父子殺入包圍圈，救下了呼延贊，並護送他回營。呼延贊十分感激，連聲說：「今天多虧了將軍，否則我早沒命了！」

見詭計沒能得逞，潘仁美既憤恨又惱怒。楊業剛剛離開呼延贊那兒不久，就被潘仁美抓了起來，大聲斥責道：「你身為先鋒，眼看軍情如此緊急，為什麼遲遲不來！」

楊業解釋道：「主上命末將回雄州調集軍馬，於十三日啟程，今日趕到，並沒有延遲。」

潘仁美怒道：「好啊，明明延遲，還敢拿聖上來開脫，來人啊！給我拿下推出去斬了！」

楊業大驚失色。幾個士兵很快便將楊業綁縛於轅門。楊業厲聲叫道：「我個人死不足惜，可是在敵人跟前殺戮良將，這絕非國家之福！」

話音剛落，就有一個士兵慌慌張張跑來向潘仁美報告，說東營呼延贊跑馬來到。原來是呼延贊聽到潘仁美要對楊業不利，因此快馬加鞭趕到西營。不一會兒，呼延贊大步過來，喝開士兵，親自為楊業鬆綁。潘仁美在一旁怒視著，不發一語。

稍後，在潘仁美的軍帳中，呼延贊開始發飆，板著臉質問潘仁美：「你位居招討之職，昨日交兵，居然袖手旁觀，不發一騎相應，如果不是楊將軍奮勇力戰，後果不堪設想，這筆帳還沒跟你算呢，今天你居然還想斬了楊業！告訴你，老臣臨行，主上親賜金鐧一把給我，專保楊氏父子回京，你再這樣亂搞，休怪我翻臉無情，拿那把金鐧來對付你！」

潘仁美聽了，臉色青一陣、白一陣，十分難堪，一句話都不敢接腔。

呼延贊把潘仁美痛罵一頓之後，就拉著楊業頭也不甩的走了。

他們一走，米教練趕緊湊了上去，悄聲對潘仁美說：「太師不要憂慮，小將另施一計，只要先支開呼延贊，楊業就死定了。」

潘仁美忙問：「該如何支開呼延贊？」

過了不久，呼延贊便收到一份潘仁美簽發的軍帖，命他回京去催押糧草。呼延贊看了軍帖，悶悶不樂，罵道：「不知道又在搞什麼名堂！」

一旁的楊業倒很坦然，「運送軍糧是大事，當然要您總管親自去，旁人不能擔當此大任，大人不要多想。」

呼延贊說：「我不是不肯去，只是潘仁美狼子野心，常常想害你，我擔心要是我走了以後，誰來保障你們父子的安全？」

楊業說：「小將看這些番兵實屬勁敵，總要等到總管回來才宜出戰，招討縱然想要害我，應該也無計可施。」

在楊業再三勸慰之下，呼延贊只得走了。臨走前，反覆叮嚀楊業道：「我這一去不知道什麼時候回來，在我回來之前，你們父子只管堅守東營，等我回來再商議出兵。」

楊業應諾。呼延贊便領著輕騎五千，回汴京催糧去了。

一「支開」呼延贊，潘仁美馬上差人向遼軍下戰書。遼軍爽快的接下。根據遼軍的情報，他們也知道宋軍內部幾個將領之間有心結，暗潮洶湧，打算「配合」潘仁美除掉楊業，因為在他們看來，潘仁美不足懼，只有楊業父子才是他們的勁敵。

潘仁美收回戰書，立即把先鋒楊業叫來，命令他翌日出戰。楊業不敢苟同，認為現在遼軍氣焰正盛，呼延贊回京催糧又還沒有回來，應該等呼延贊回來後再戰。

潘仁美怒道：「這是什麼話！如果總管一個月不回來，我們就一個月不戰嗎？今天如果你不肯出戰，我就上奏朝廷，到時候看你要怎麼開脫！」

楊業知道潘仁美心意已決，便不再解釋，只說：「前方陳家谷地勢險要，恐怕會有埋伏，明日招討當發兵在此接應，末將則率部眾先行，這樣或許可以殺退敵人，否則將全軍難保。」

楊業說得沉重，潘仁美卻只不耐煩的揮揮手道：「知道了！明日你只管負責衝鋒陷陣，我會帶兵來接應你的。」

然而，楊業剛走，一個名叫賀懷浦的副將向潘仁美主動請纓，表示翌日願意帶兵前往陳家谷接應，潘仁美卻冷笑道：「哼，什麼接應，我一個兵也不發，看他能怎麼辦？」

賀懷浦大為驚駭，直言道：「招討如果這麼做，只不過是報了私怨，對國家不利啊！」

潘仁美不聽，說了一句「沒你的事！」之後，就扭頭回自己的軍帳中去了。

賀懷浦很是不平，心想，原來主帥是存心要置楊令公於死地，但楊令公一心為國，我不能見死不救！

於是，賀懷浦便去找楊業，把潘仁美惡毒的計畫告訴楊業。楊業聽了，不由得重重的嘆了一口氣，「唉，我不是怕死，只是想到明天要讓這麼多士兵白白送命，真是於心不忍啊！」

賀懷浦立即表示「願與將軍同行」，兩人隨即商議好翌日分別率部下分左右兩翼出兵，互相救應。

第二天，楊業率二子，也就是六郎延昭和七郎延嗣，與賀懷浦列陣於狼牙村。剛剛布好陣，遠遠的就看見遼兵滿山遍野的迎面而來，鼓聲大振。不一會兒，遼將耶律奚底一馬當先，掄斧殺來，一副銳不可擋的氣勢，但楊業也毫不遜色，立即舞刀迎戰。兩人戰了幾個回合，奚底撥馬便走，楊業快馬加鞭在後追趕。楊延昭、賀懷浦率領後軍跟進，趁勢殺入，沒過多久便把遼兵殺得七零八落。奚底見楊業追來，且戰且走。楊業見前面是平原，料想沒有伏兵，便盡力追擊，楊延昭、賀懷浦也帶領軍馬緊緊跟上，不知不覺就追到了陳家谷。

只聽見山坡上號砲驟響，遼國另一大將耶律斜軫的大批伏兵從四周圍繞而來。楊業本以為谷口會有宋兵來應，但回頭一望，後頭居然一個人也沒有，原來楊延昭、賀懷浦的軍馬已被遼兵阻攔在後面。楊業大驚，回馬殺回，又被斜軫截住谷口，與此同時，山坡上的遼兵又萬箭齊發，箭如雨下，宋軍根本沒法進入陳家谷，楊業所率的部眾就這樣被困在了陳家谷。

楊延昭和楊延嗣驚覺父親被困，拚死衝殺，急切的想要衝進去營救。賀懷浦想從山坡東面突圍，不幸被耶律奚底截住，而且戰不到幾個回合就被一斧劈於馬下。奚底本來就是一名猛將，方才與楊業交手幾回合便詐敗而逃，實際上就是想要把楊業引到陳家谷。

楊延昭見情勢危及，便匆匆對弟弟延嗣說：「我們分開行動，我衝進去救爹爹，你趕快殺出去討救兵！」

經過一番浴血奮戰，楊延昭好不容易殺散了圍兵，艱難的進入谷中。於此同時，楊業轉戰出東壁，遠遠的看到延昭，急忙大喊：「番兵太多了，你趕快走，免得我們兩個都要被擒！」

延昭泣道：「我不走！兒要殺出一條血路，救爹爹出去！」

說罷，延昭便舉槍血戰，試圖殺出重圍。然而才剛剛靠近父親那麼一點點，馬上又被無數的遼兵切斷去路，使他與父親再度被隔絕開來，而且距離還愈來愈遠。延昭見父親又被遼兵重重包圍，心急如焚，還想再奮力殺進去營救，無奈此時身邊的手下都已戰死，延昭著實是心有餘而力不足，只得先奔向南路，苦苦的等待援兵。

這個時候，已經與遼兵激戰多時的楊業，逐漸感到體力有些不支。他的戰袍幾乎都被鮮血給染紅了，登高一望，看到四周都是遼兵，知道自己今天想要生還的機會是非常渺茫了，唯一的希望，就是期盼生死未卜的六郎和七郎都能夠脫困。

楊業長嘆一聲：「我本想立功報國，哪想到如今竟會落到這樣的境地！」

再看看部下大約還有一百多人，楊業便大聲交代道：「你們都是有父母妻子的人，不要跟我一起戰死，趕快沿山路撤走，將來還有機會報效主上！」

眾人一聽都哭了，紛紛說：「將軍不走，我們怎麼忍心生還？」他們堅持攙扶著已經頗為虛弱的楊業走出胡原。楊業猛一抬頭，看到前面有一座石碑，上面刻有「李陵碑」三個字，不禁感慨萬千，心想，漢朝的李陵不忠於國，我怎麼能像他那樣屈膝投降？

想到這裡，他用力甩開部下，拋了金盔，激動的連叫數聲「皇天，皇天啊！」遂撞碑而死。

此時，遼兵喊聲殺到，儘管宋軍力戰不止，最終還是全軍覆沒。

楊業的首級還被遼兵搶著割下，好帶回去領賞。一代英雄就這樣白白的犧牲了。

6 冤屈昭雪

七郎楊延嗣心急火燎的飛奔回到宋營，一見到潘仁美就哭著說：「父親被番兵困於陳家谷，請招討趕緊發兵救援，要不然父親就危險了！」

不料，潘仁美竟漠不關心的回答：「你們父子不是一向號稱無敵，怎麼今天才剛剛交兵就要來討救兵？我的軍馬有別的重要任務，不能發。」

延嗣大驚，「我們父子都是為了國家在拚命，難道招討要這樣眼睜睜的作壁上觀？」

「囉唆！」潘仁美不耐煩的揮揮手，叫左右士兵把延嗣推出帳外。

延嗣快氣瘋了，頓足大罵道：「你等著吧！只要父親能夠生還，今後我們楊家一定和你勢不兩立！」

這一罵，引來了殺機。潘仁美大怒道：「你這個臭小子！居然還想跟我報仇，簡直是不知死活！」

說罷，便命左右士兵把延嗣抓起來，然後用亂箭射死。可憐年紀輕輕的延嗣，就這麼送了命。

之後，潘仁美還叫手下把延嗣的屍體扔進了滾滾黃河。

就在這時，一個士兵急匆匆的跑回來報告，說楊業已經死了，現在番兵割下楊業的首級正朝著西營這裡殺奔過來了！

潘仁美嚇了一跳，這才想到沒了呼延贊和楊業，怎麼打得過那些番兵，趕緊下令拔營，連夜撤兵！

遼兵趁勝大肆追殺，宋軍潰不成軍，死傷慘重。

這一役，遼兵大獲全勝，將領蕭撻懶派人向蕭太后報捷，然後就屯兵在蔚州。

六郎楊延昭好不容易從陳家谷殺出以後，沿著黃河岸邊疾奔，無意間看見從上游漂來一具屍體，不知道為什麼，延昭看著看著忽然有一種心慌和不祥的感覺，忍不住上前一看，發現竟然是弟弟延嗣！而且還是萬箭穿身，體無完膚。

延昭把弟弟撈起來，看到弟弟如此慘死，仰天嚎哭道：「我們父子為國盡忠，為什麼會遭到這樣的下場！」

他一邊流著淚把弟弟匆匆埋了，一邊心想，一定是弟弟回去討救兵的時候，在言語和態度上得罪了潘仁美，才會遭此橫禍，那麼，既然討救兵無望，還是趕快再回陳家谷去尋找父親吧！

於是，延昭又孤身一人單騎回到陳家谷，只見到處都是死屍重疊，全都是宋軍，不禁感慨萬千。找到李陵碑附近，看到一個宋軍將領倒在地上，從身形看上去有些眼熟。延昭顫抖著蹲下來，仔細察看屍體上的腰帶，認出確實是父親的腰帶，不禁撫屍痛哭道：「父親啊！您死得好慘啊！原諒兒子不孝，沒能救下父親！」

延昭用佩劍掘開沙土，哭著把父親埋葬，還用一支斷箭在上面做了一個記號，然後才傷心的離開。

剛剛走出谷口，迎面遇到一支遼兵，延昭與遼將戰了幾個回合，發現四周圍上來的遼兵愈來愈多，延昭雖然英勇，逐漸還是有一些寡不敵眾的感覺。正在危急之間，忽然從山後殺出一個和尚，手起一斧便把那個遼將給宰了，還把大批遼兵殺散。延昭定睛一看，驚訝的發現竟然是日前失散的五哥延德！

兄弟倆抱頭痛哭，延德說：「這裡不適合久留，趕快先隨我回五台山再說！」

稍後，一回到五台山，延德就告訴弟弟，在幽州那天，父親保鑾駕出東門，他和眾兄弟與番兵奮戰，後來在大勢已去的情況下，為了脫身，這才喬裝成僧人，藏於五台山，今天看到陳家谷殺氣連天，又聽人說遼宋交鋒，趕緊下山，沒想到剛好及時替弟弟解了圍。

六郎延昭流著淚把父親和小弟延嗣慘死的情形告訴五哥，延德聽了，握緊拳頭悲憤道：「血海深仇，不可不報！」

六郎說：「哥哥放心，弟弟一定要在皇上面前為爹爹和弟弟討個公道！」

當天晚上，六郎在五台山歇了一個晚上，第二天一早就辭別哥哥趕回汴京去了。

當六郎還在趕往汴京的路上時，其實宋軍大敗、包括楊業戰死的消息就已經傳回了京師。太宗召集群臣商議對策，提到楊業盡忠報國，如今不幸捐軀，令他十分悲痛。這時，八王爺說，最近呼延贊回京催辦糧草時曾經告訴過他，主帥潘仁美與楊令公不睦，企圖陷害楊令公，現在楊令公果然死了，請太宗一定要徹查，看看裡頭是不是有什麼名堂。

太宗准奏，下令展開調查。

潘仁美得到消息，坐立難安，恐懼的不得了。一個心腹悄悄對潘仁美說：「我聽說楊六郎沒有死，現在正在往京師的方向趕，肯定是想要回來告狀，大人乾脆一不做、二不休，派人在半路把楊六郎給除掉，這樣就死無對證了。」

潘仁美大喜過望，連聲說：「哈哈，好主意，就這麼辦！」

楊六郎離開五台山以後，就一路朝著汴京直奔。這天，經過一處山林，忽然衝出一夥強盜，叫他留下「買路錢」。六郎遠遠的瞧著兩個像是領頭的人，覺得很是眼熟，這時，那兩個人倒是已經認出他了，連忙上前致歉，原來他們以前是六郎的部下，陳家谷戰敗之後，兩人僥倖撿回一條命，然後就在這裡落草為寇。

「真沒想到還能在這裡遇見您！」昔日的部下很有感情的對六郎說。

他們隨即還告訴六郎，聽說潘仁美為阻止六郎回京告狀，已經派了數十位猛將埋伏在黃河口，要截殺六郎，不過，他們知道還有另外一條路可以繞開黃河口，也就是要繞道雄州，然後進京。於是，就在這些老部下的護送之下，六郎再度踏上返京的路程。

這天，進入雄州之後不久，六郎在一個小亭子裡稍事休息時，巧遇一位名叫王欽的人。王欽一身儒士裝束，文質彬彬，六郎看了頗有好感，兩人很自然的便攀談起來。王欽表示自己是朔州人，正想去中原求發展，六郎說自己正好也是要去京師，然後忍不住把自己、尤其是父親和弟弟的冤屈說了，忿忿不平的表示要去向皇上告狀，討回公道。

王欽聽了，非常同情，便主動表示願意替六郎寫狀子。六郎再三致謝，然後帶著狀子繼續上路，王欽也與他結伴同行。

又過了幾天，六郎終於回到了京師。這天，在大街上正好碰到七王（太宗的兒子）出朝，六郎立刻上前去攔轎告狀。七王接了狀子，命人把六郎帶回府中。稍後，七王仔細讀了狀子，感覺言詞懇切，悲痛婉轉，但是條理又非常清晰，大為欣賞，便問六郎這份狀子是誰寫的，此人現在何處？六郎一一稟告，七王說：「此人有治世之才，我要用他。」緊接著，七王對六郎說：「你家的冤屈，實在是國家大事，我沒辦法幫你處理，你還是直接去鳴鼓告御狀吧！」

就這樣，一心想來中原求發展的王欽，就這麼因緣際會的進了七王府。而六郎呢，則按照七王的建議，果真跑到朝門，擊動登聞鼓，嚷著要見皇上告御狀。

稍後，太宗看了狀子，大為悲憤，正想立刻把潘仁美叫來詰問，不料就在這時樞密院送來一份潘仁美的奏章，報告楊業父子邀功貪戰，導致慘敗，楊業和楊延嗣均死於番兵之手，楊延昭則成了逃兵，目前還在積極捉拿。

「怎麼會這樣？為什麼兩份報告完全不同？」太宗非常困惑，不知道該相信誰，便宣群臣上朝，把兩份報告給大家看，要大家分辨真偽。

看過之後，潘仁美的大舅子、也就是南台御史黃玉搶先上奏，認為楊業父子違令邀功，造成全軍覆沒，今天又誣告主帥，犯了欺君之罪，應該馬上把楊延昭推出朝門正法！

八王爺趕緊跟進奏道：「楊令公父子有功於朝，現在遭到誣陷，父子甚且等於是白白送死，陛下難道不為他們平反昭雪嗎？」

八王爺主張把潘仁美叫來與楊延昭當眾對質。

太宗考慮片刻，同意了這個做法，便命參知政事傅鼎臣來負責處理此案。

八王爺料定潘仁美一定會偷偷對傅鼎臣下功夫，而傅鼎臣偏偏又是一個沒有正義感並且貪得無厭的人，遂派人暗中監視潘仁美與傅鼎臣兩人的動靜。結果，沒過幾天果然抓到了潘仁美行賄傅鼎臣的證據，而且還是人贓俱獲。

太宗得知此事以後大為震怒，立刻下旨把傅鼎臣罷去官職，貶為庶民，又接受八王爺的建議命忠誠公正的西台御史李濟重新審理這個案子。經過李濟一番調查，終於真相大白，潘仁美也被削為平民，幫潘仁美出主意來陷害楊業父子的幾個心腹也都受到了懲罰，被發配邊疆充軍。

楊業父子的冤屈終於獲得了昭雪。

7 楊家將晉陽比武

六郎延昭為父親討回公道以後，沉寂了一段時間，直到太宗駕崩，七王即位（就是宋真宗），才再度受到重用。

事情還得回頭從太宗說起。太宗在位多時，一直沒有立太子，這就意味著未來皇位的繼位者始終沒有確立下來。曾經有大臣上奏，說為了國家安定，請求皇上早立太子，結果惹得太宗大怒，被貶到偏遠的嶺南，從此再也沒人敢提關於立太子的事。這讓身為皇子的七王很是焦慮，擔心父親會不會是想把皇位傳給他的兄弟八王爺，就像父親當年也是從哥哥太祖的手上接過皇位一樣？

自從把幫忙六郎延昭寫狀子的王欽網羅進七王府以後，七王就很倚重王欽，很快便跟王欽談起自己的憂慮，希望王欽幫自己想想辦法。而王欽其實是一個來自遼國蕭太后身邊的人物，可以說是蕭太后的心腹，在雄州遇到六郎延昭的時候，他說自己想到中原來求發展，實際上是想混入大宋高層，掌握大宋朝廷的動態，為蕭太后尋找發兵攻打宋朝的最佳時機。如今在得知七王內心的憂慮之後，感覺這是一個好機會，立刻拚命煽風點火，頻頻表示七王的擔心是很有道理的，太宗很可能就是想把皇位傳給手足八王爺，所以才會遲遲不立太子，可是父傳子本來就是天經地義的呀，如果日後真的是八王爺登基，那七王就實在是太吃虧了，說著說著就很技巧的慫恿七王應該拿定主意，先下手為強，趁早除掉八王爺。

七王默然不語。王欽看出七王是默許的意思，就替七王想了一個計謀……

這天，七王熱情邀八王爺來後花園賞花飲酒，八王爺儘管不巧有些身體不適，但是因為顧念親情，不願讓侄兒失望，還是抱病欣然前來。七王準備了非常豐盛的宴席，席間還不斷的勸酒，然而八王爺卻不斷的推辭。八王爺說他最近腑臟頗覺不安，實在是不能喝酒。

「沒關係的，這可是極為特殊的好酒，您就喝一兩口罷！」七王說著，示意侍官替八王爺斟酒。

侍官端了一個托盤過來，上面有一個看起來做工很精緻的酒壺，然後提起來在八王爺的酒杯裡斟了半杯。

「就喝一點吧！」七王還在熱情的勸酒。

在盛情難卻之下，八王爺勉強舉起酒杯，可是也不知道是怎麼回事，酒杯才剛剛湊近口鼻，他就聞到一股非常難聞的氣味，令他不自覺的立刻放下酒杯，而也就在這個時候，忽然一陣大風颳來，把桌上的酒杯颳倒了，裡頭的美酒也都全部傾倒於地，八王爺覺得一定是自己剛剛沒有把杯子放穩，看到侄兒微微變了臉色，感覺很尷尬，再加上身體確實愈來愈不舒服，就趕緊起身告辭了。

原來，那個酒壺是王欽特別找一個銀匠打造的，是一個鴛鴦壺，有內外兩層，王欽把毒酒倒在外層，再把醇酒置於內層，所以當侍官在為八王爺斟酒的同時，其實也就把含著劇毒、不到半杯就能致人於死地的毒酒，也一塊兒神不知、鬼不覺的倒入八王爺的酒杯裡，只要八王爺喝上幾口就會中毒身亡，沒想到那毒酒毒氣沖天，八王爺又本來就身體不適，所以一聞就感到分外難受，當然就喝不下去了。

七王見詭計沒有得逞，自然是十分失望。

還沒等到七王再次行動，太宗便重病不起。太宗把群臣叫來，原本確實是打算讓八王爺接帝位，但八王爺堅決推辭，認為七王已經長大成人，還是應該讓七王繼位。太宗最後同意了。太宗臨終前不僅表示希望八王爺今後能好好輔佐七王，還賜給八王爺免死牌十二道，表示日後如果遇到奸臣當道，可以用來制裁。太宗還特別叮嚀，楊業之子延昭是一個將才，必能定亂，如果國家遇到危難還是要重用他。

西元998年，太宗駕崩，七王即位。一些老臣紛紛告老還鄉，真宗重用王欽，封他為東樞密使，不久，大權便漸漸落入到王欽的手中。

一天，八王爺在上朝的路上被人攔住車駕，大聲喊冤，大哭著說要告狀，神情相當淒厲。八王爺問告狀的是什麼人？又有什麼冤屈？那人說：「小人姓胡，父親是有名的銀匠，日前父親被新王召入府中祕密打造一個鴛鴦壺，最初父親不知道這個鴛鴦壺有什麼特殊的用途，後來無意間才發現原來是為了要謀害殿下，後來鴛鴦壺一完成，父親便被殺了，顯然是為了要滅口，小人有冤無處訴，只得來請殿下作主。」

八王爺聽了，愕然道：「為了要謀害我？怎麼謀害？」

「那鴛鴦壺是內外兩層，父親手藝精湛，不仔細看根本看不出來，他們把毒酒放在外層，這樣在為殿下倒酒的時候就可以當著殿下的面把毒酒倒到殿下的酒杯裡。」

八王爺猛然想起那天一接過酒杯就聞到一股刺鼻難聞的味道，當時還以為是因為自己不舒服的心理作用，沒想到是因為裡頭竟然有毒酒！

八王爺氣壞了，再一回想，那天侄兒在殷勤勸酒的時候，他那個叫作王欽的心腹就站在不遠處，緊緊盯著自己，想來一定是要看著自己就那麼在不知不覺之中把毒酒給喝下去！哼，這一定全部都是王欽出的主意！

於是，八王爺命左右接過狀子，還取黃金十兩給那個銀匠的兒子作為安慰。然後，八王爺就氣沖沖的來到真宗的面前，一方面質問真宗為什麼要聽信小人讒言，險些造成骨肉相殘，另一方面還抽出金鐧把王欽痛打一頓。真宗無言以對，只得連忙請八王爺看在自己的面子上饒過王欽這一回。

八王爺這才住手，指著王欽痛罵道：「今天就暫且饒你不死，下回要是再發現你作惡，絕不會再放過你！」

在大殿之上受到八王爺這樣一頓責打，令王欽深感憤恨。當晚立即寫了一封密書，遣人連夜偷偷送往幽州給蕭太后，說宋朝太宗駕崩，新王即位，朝中沒有什麼良將，此時正是入侵宋朝的大好時機。

蕭太后看了這封報告，大喜過望，馬上召群臣商議。此時，捲簾將軍土金秀有些疑慮。土金秀說：「宋君善能用人，邊庭帥臣皆是熊虎之將，王欽所言未必非常真實。」

為了測試一下宋朝的實力，土金秀想了一個計策，那就是約宋人在河東界晉陽比武，並告知將由自己以及麻哩招吉、麻哩慶吉三員大將作為代表出戰。土金秀說：「臣之箭法天下無雙，招吉善槍，慶吉善刀，宋朝一旦知道是由我們三個出戰，一定會選派武藝最高強的將領參加，如果他們還能與我們較量，那我們不妨把征伐計畫再推遲數年，如果他們打不過我們，我們就可以確定宋朝無人，陛下就大可御駕親征，直抵汴京，奪宋之江山。」

蕭太后認為這個建議很好，十分穩妥，下令照辦。

很快的，當真宗接到這樣的比武邀請，也立即召集群臣商討。群臣一致認為蕭太后來者不善，顯然是想要一探宋軍將領的實力，一定要派出最強的高手，才能壓制住遼國的氣焰。

「可是——」真宗十分煩惱，「先輩良將多已老邁，現在該派誰去比武呢？」

這時，寇準表示，楊令公之子、楊六郎延昭還在，恐怕只有延昭能夠打得過遼國派出的那三名猛將，建議真宗趕緊冊封楊家。

真宗聽了，馬上冊封楊延昭為討遼先鋒，寇準為監軍，即刻領兵前去邊境比武。

到了比武當天，遼將麻哩招吉首先挺槍而出，囂張無比的叫陣：「來呀！宋將有種的就出來比試，廢話少說！」

很快的，宋營中出來一個人，眾人一看，都非常吃驚，居然是一個女將！

麻哩招吉簡直快笑翻了，「哈哈！看來宋軍真的是沒人了，連女流之輩都上陣了！」

不過，麻哩招吉很快就發現，這個女流之輩很不好對付，他還沒有戰上幾個回合便敗下陣來被活捉了。

監軍寇準看了大喜，忙問女將是誰？女將下馬，恭敬的回答：「我是楊令公的長女八娘。」

寇準說：「原來是將門之女，難怪不同凡響！」

其實，這回比武，不僅八妹來了，九妹也來了。下一個回合，九妹揮起長刀與麻哩慶吉大戰二十幾個回合，把麻哩慶吉一刀

劈於馬下。

寇準由衷的讚嘆道：「楊家有你們這些女英雄，真是朝廷的福氣！」

土金秀見連折兩員大將，便親自拍馬上陣，這回楊六郎延昭綽槍上馬，迎住土金秀交戰。戰了一會兒，土金秀感覺力不能敵，便回馬大叫：「武鬥暫緩，我們先來比箭法吧！」

延昭笑道：「你的箭法有什麼高明，敢這樣誇口？」

土金秀遂令手下取來硬弓，對著箭靶一連射出三箭，三箭皆中紅心。在場的士兵們看了，都大為佩服。

延昭卻不以為意，只叫手下把自己的弓抬過去說要讓土金秀拉拉看。沒想到，土金秀接過弓以後，使盡全身的力氣居然都拉不開，最後只得放棄，說了一句：「能拉開這把弓的，真是一個神人啊！」

這場比武，靠著楊家將，宋軍大勝，士氣大振。

寇準把方才八妹生擒的遼將麻哩招吉送回，對土金秀等人說：「你們回去轉告蕭太后，別再妄想侵犯！」

土金秀頓覺無地自容，灰頭土臉的趕緊帶著部眾返回幽州去了。

8 楊六郎的好幫手

寇準帶兵一回到汴京，馬上把楊延昭兄妹大勝遼將的事向真宗報告，真宗非常高興，下詔宣楊延昭上殿，當面讚美了一番，並說要封楊延昭為高州節度使。然而，楊延昭卻堅持此一官職實在不敢當，主動表示如果要封就給他佳山寨巡檢吧。

就官職來說，「高州節度使」可比「佳山寨巡檢」要大得多了，更何況後者還得遠離京城，生活條件一定比較艱苦，真宗不由得感到很奇怪，便問六郎延昭為什麼要捨近取遠、辭高就低？

六郎說，因為佳山是三關要衝，緊鄰幽州，他希望能去那裡鎮守，讓遼人不敢南犯，同時，他早就聽說佳山一帶有幾個良將，也很想去親自招募他們來為國家效力。

真宗聽罷，龍心大悅道：「你可真是一個忠義之臣啊，真不愧是楊令公的兒子！」

真宗當即准奏，命東廳王樞密（也就是王欽）撥發軍馬給六郎延昭，讓延昭赴佳山寨鎮守。

可是，王欽怎麼會真心實意的配合？他唯恐延昭的實力壯大，故意挑出三千老弱殘兵，搪塞了事。

延昭見狀，大怒道：「鎮守佳山寨是何等要緊，為什麼給我這些沒用的人馬？」

不料，延昭話音剛落，立刻就有一個漢子跳出來不服氣的大喝一聲：「將軍是將門之後，難怪自命天下無敵，但是將軍敢跟我比劃一下嗎？」

此人名叫岳勝，是武舉出身，使一柄大刀。儘管岳勝的口氣不夠恭敬，不過六郎不以為忤，反倒欣然接受了挑戰。這一戰，持續了七十幾個回合都還不分勝負，後來，延昭的坐騎不慎失了前蹄，把延昭摔在地上，岳勝也毫不客氣，舉起大刀正想要朝著延昭連盔劈下，忽然聽到一聲奇異的聲響，隨即一陣眼花，彷彿看到有一頭金睛火尾的白額虎從延昭的腦袋上方跳了出來，頂住了他的大刀。

岳勝十分吃驚，不勝恐懼，趕緊下馬把延昭扶起來，不斷的道歉，還說：「小將肉眼不識神人，望將軍恕罪！」

延昭則大方的說：「我看你一身的好功夫，跟我一起去鎮守佳山寨，共建功勛吧。」

「小將今後誓死追隨將軍！」岳勝發自內心的說。

岳勝就這樣成了延昭的好幫手。

翌日，延昭就率軍離開汴京，前往佳山寨。到了之後，延昭嚴肅的對部眾表示，這裡控制著幽州的咽喉，希望大家都要體認到自己的責任，整飭戎武，不要讓敵人有任何進犯的機會，並且下令今後凡是能為國家建功者都將有重賞，但如有退縮則將以軍法處置，絕不寬貸。

這天，岳勝在出寨散步時，遙見對面一座高山，樹木蒼蔭，林巒疊翠，好奇的問當地人：「前面那是什麼山？」

沒想到對方居然驚恐莫名的回答道：「將軍不要問了，說起來會讓你嚇破膽！」

岳勝一聽，更加好奇，「難道那山裡有猛獸？」

「比猛獸還要可怕啊……」

原來是那山裡有一個可樂洞，洞中寨主名叫孟良，是一個非常厲害的狠角色，結集了數百人，專門打家劫舍，所以現在誰都不敢到那座山上去。

「原來如此。」岳勝回寨之後，便將這個情報向延昭報告。

延昭說：「我以前就知道這附近有一個勇士孟良，如果能得此人歸順，一定可以使我們佳山寨大顯威風。」

於是，延昭立即與岳勝商定了一系列的計畫。

第一步，岳勝一個人單騎前往可樂洞。孟良不在，岳勝一口氣殺了十幾個嘍囉，還在壁上留下信息，說是「楊六使」（也就是楊延昭）幹的，好讓孟良主動找上門。不多久，孟良果然怒氣沖沖的帶了大批手下前來佳山寨叫陣，要找楊六郎算帳。

延昭勸孟良歸順朝廷，共同為朝廷效力，孟良嗤之以鼻道：「哼，你們父子對朝廷那麼盡忠，現在又怎麼樣？還不是幾乎都做了無頭之鬼，倒不如我在這裡過得舒心快活！」

延昭大怒，立即策馬挺槍，直取孟良。兩人大戰四十幾個回合，後來在岳勝衝上來幫忙的情況下，孟良被宋軍生擒。但是，儘管被五花大綁，孟良還是大吼大叫，說是遭到了暗算，指責六郎延昭勝之不武。延昭一聽，立刻下令把孟良給放了，讓他改日整兵再戰。

孟良走後，岳勝問延昭幹麼要放虎歸山？

「我是想收他為部將，當然要讓他心服口服不可。」延昭自信滿滿的說：「你看著吧，我很快又能抓到他的。」

在接下來一段不長的時間裡，延昭果然又生擒了孟良兩次。一次是先用計謀把孟良困在一條小小的山路，再讓部下喬裝成樵夫，在上頭假裝好心要幫忙把孟良給拉上去，結果卻是拉到一半就不動了，把孟良就那樣吊在半空中，進退不得；還有一次，是算准孟良深夜要來劫寨，延昭好整以暇的等著，假裝伏在書桌上睡覺，等到孟良掄起大斧正想朝延昭砍下去的時候，卻「轟隆」一聲掉落到一個土坑裡，原來是延昭早就叫部下挖好一個陷阱，專程在這裡守株待兔哪！

這麼一來，孟良果真對延昭心服口服，帶著眾多手下一起歸順了宋軍。

孟良歸順之後，提供延昭一條情報。

孟良說，在不遠處的一座芭蕉山上有另外一夥強盜，為首的頭目名叫焦贊，武藝不凡，使一柄渾鐵錘，如果能夠收服此人，一定可以使佳山寨的力量更加壯大。六郎聽了，便興致勃勃的表示要親自去將此人招來。孟良提醒延昭，焦贊很不好對付，最好帶著部隊一起去，可是延昭卻認為這樣無法顯示自己的誠心，翌日，還是命岳勝守寨，然後只帶著幾個部下就前往芭蕉山。

快到山隘（隘，險要的地方），延昭看倒隘口坐著一個人，一副樵夫打扮，便上前問道：「這裡可是芭蕉山？」

那人站了起來，反問道：「你是誰？來這裡做什麼？」

「我姓楊，名延昭，是楊令公第六子，佳山寨巡檢。聽說此地有一個名叫焦贊的人很厲害，我特地來招他為將。」

那人笑道：「焦贊我認識，就住在前面一個山洞裡，你要找他，隨我來吧，我來幫你介紹。」

延昭喜不自勝，便命部下都在原地等候，獨自下馬隨著那人來到一座隱蔽的山洞。

那人把延昭帶進洞中，要延昭先隨意找地方坐一下，說他現在就進去通報。

不料，就在延昭等候的時候，突然從角落衝出十幾個嘍囉，一擁而上把延昭給綁了起來，這時，延昭才注意到前方高高的坐著一個人，正是方才為自己帶路的那個樵夫！原來他就是焦贊！

焦贊大笑道：「哈哈，我又沒請你，你居然自己跑來送死，現在還有什麼話說？」

延昭毫無懼色，厲聲應道：「大丈夫視死如歸，隨你怎麼處置吧！」

焦贊悶哼一聲，「我殺過多少好漢，難道還會差你一個？」

他隨即大聲下令把延昭吊起來，說要親自宰了延昭，還要挖出他的心。

就在焦贊已經舉起屠刀的時候，忽然看見延昭頭頂上冒出一道黑氣，隱隱約約看出是一頭白額虎的模樣，而且還咆哮著用力甩動粗壯的尾巴，十分嚇人。焦贊大吃一驚，大嚷一聲：「原來是一個神將啊！」

說罷，焦贊趕緊上前親自把延昭放下來，並且立即表示要誠心歸順宋軍。

從岳勝、孟良到焦贊，延昭一連收服了三員大將，佳山寨從此人才濟濟，兵強馬壯，還在關上扯起「楊家將」的旗號，令遼人心生畏懼，不敢輕易來犯。

9 無妄之災

自從孟良和焦贊來到佳山寨以後，幫了延昭不少忙，然而世事難料，他們後來也給延昭添了不少麻煩，甚至還為延昭引來了殺身之禍。

先說孟良。

在中秋節當天，延昭在與寨中將士喝酒賞月的時候，望著明月當空，忽然傷感不已，淚如雨下。孟良問延昭為何如此激動，延昭解釋是因為想到父親無端喪命陳家谷，骸骨匆匆埋在李陵碑下，雖然一直想去取回安葬，卻一直還沒有找到合適的機會。孟良聽了，頗有感觸，當下就暗暗打定主意要為延昭完成心願。

孟良說做就做，當晚就喬裝成一個樵夫悄悄出寨。到了陳家谷以後，孟良沒有花多大工夫便順利找到了李陵碑，但說也奇怪，怎麼找都找不到碑下有什麼遺骸。孟良心想，難道是楊六郎記錯了？可是再想想又覺得不大可能，因為楊六郎曾經說當時楊令公的屍體是自己親自埋的，而且埋的時候就想著遲早要遷葬，怎麼可能會記錯地方？

就在孟良疑惑萬分的時候，剛巧一個遼國的老兵經過。孟良遂上前打聽，這才知道原來在一個月以前，遼國蕭太后已經命人把楊令公的骸骨遷葬到幽州城外的紅羊洞去了。

孟良不死心，立刻又日夜兼程趕到了幽州。孟良到的這天，正好是蕭太后的生日，幽州百姓都紛紛向蕭太后獻上賀禮，孟良無意中看到一匹由西涼國使者進獻的寶馬，至少有六尺高，碧眼青鬃，毛捲紅紋，非常漂亮，不由得心想：「真是一匹難得的好馬！等我先去找到楊令公的骸骨以後，再來偷這匹馬。」

不久，孟良來到幽州城郊的紅羊洞。只見這裡到處都是雜草叢生，孟良找了半天好不容易才找到一個不起眼的土墩，旁邊有一塊小小的木牌，上面寫著「令公塚」。

終於找到了！孟良沉住氣，躲在附近，一直等到天黑以後才掘開土墩，挖出楊令公的骸骨，小心的藏在包袱裡。

接下來，孟良要開始進行盜馬的計畫了。為達到目的，他設計了一連串的行動。

他先跑到藥店買了一些麻藥，再悄悄潛入西涼寶馬所在的馬廄，將麻藥全部撒入馬料裡。

幾天以後，城裡果然貼出告示，說西涼寶馬不知何故突然不吃不喝，精神全無，蕭太后正在尋找懂得如何醫馬的人。孟良就上前很有自信的揭了榜，表示自己知道該怎麼治好寶馬。

蕭太后很高興，當場許諾只要把這匹寶馬醫好了，一定給孟良封一個大大的官職。

孟良裝模作樣的看了看無精打采的馬兒，再胡亂往馬兒的嘴巴裡塞些普通的乾草，然後很有把握的宣布馬兒隔天就可以正常進食了。實際上是因為孟良知道麻藥的藥效就快過去，馬兒當然可以恢復健康。

蕭太后見寶馬果然沒事了，喜出望外，果真就封孟良為燕州總管。此舉真可說是正中孟良下懷，立刻順水推舟向蕭太后表示，寶馬只是表面上暫時恢復，還需要細心調理，建議不妨讓他先帶回燕州照顧，等寶馬澈底恢復了精氣神以後再送回來。蕭太后不疑有他，便答應了。

然而，孟良走後不久，就有遼兵匆匆忙忙跑來向蕭太后報告，說發現孟良的方向根本不是燕州，而是朝著邊境佳山寨！

蕭太后這才驚覺原來寶馬被偷了，而且盜馬賊竟是來自宋軍，大為震怒，立刻下令大將、同時也是自己的親弟弟蕭天佑率輕騎五千全力追趕！

當孟良離開幽州已經有兩百里路程，轉眼就快到三關的時候，回頭一看，只見塵土遮天，旌旗蔽日，知道是遼兵在後面追趕，趕緊更加快馬加鞭，朝著佳山寨狂奔。很快的，寨中哨兵認出了孟良，火速向六郎延昭報告，延昭馬上命岳勝和焦贊等將領出兵接應。

在岳勝等人的保護之下，孟良安全衝進寨中。岳勝隨即擺開隊伍，並且與遼將蕭天佑展開大戰，交戰到四十回合的時候，焦贊率輕騎從旁攻入，蕭天佑前後受敵，難以對抗，只得撥馬回走。宋軍乘勝追擊，一直追到澶州界，大敗遼兵。

稍後，當延昭得知孟良私自前往幽州的動機之後，自然是萬分感謝，立即派人回到汴京，一方面把寶馬獻給真宗，另一方面也向母親大人報告關於父親骸骨終於取回的消息。

緊接著，吃了敗仗的遼兵再度領大軍來犯。孟良說：「這個亂子是我闖的，就讓我擔任先鋒吧！」

這回，遼兵可是有備而來。遼將蕭天佑召集部下商議道：「佳山寨中皆是良將，他們的部下又都是強徒，如果不用智取，很難打得過他們……」

第二天，兩軍對壘，宋軍陣營中，岳勝首先舞刀出列，大叫道：「番將還不快滾，免得傷了和氣！」

蕭天佑大怒，挺槍直奔岳勝。打不到幾個回合，孟良、焦贊從左右衝出，與眾多遼兵正面交鋒。蕭天佑一人力戰數將，明顯的有些力不從心，便拚命往回跑，宋將則率兵在後頭拚命的追，一追就追到了雙龍谷的谷口，六郎延昭見這兒山勢險惡，起了疑心，停住馬大聲說：「大家且慢！前方恐怕敵人會有埋伏！」

然而，孟良卻毫不在意的對延昭說：「這裡我很熟，裡頭幾乎是死路，只有一條很小的路可以通雁嶺，那些番兵一定是慌不擇路才會往裡頭跑，很快就會被困住了，我們正好可以輕輕鬆鬆的抓住他們，現在當然要繼續追！」

延昭遂下令繼續向前追趕。不料，一追進雙龍谷，前方竟然一個遼兵也沒有，延昭不由得大叫一聲「糟了」，心裡暗暗叫苦，知道一定是中了敵人的陷阱，趕緊下令往回走卻已經來不及了，此時後路早已被遼兵截斷，山上也頓時矢石齊下，宋軍傷者無數。

延昭與幾個將領就這樣被困在谷中。事實上這正是遼將蕭天佑等人的計策，也就是由蕭天佑先將延昭等人引入雙龍谷，再迅速截斷他們的後路，把他們硬生生的困在谷中，如此不出半月一定就可以把他們給活活餓死。

危急關頭，延昭想到這裡距離五台山不遠，五哥延德不是就在五台山嗎？當即想到如果有人能夠突圍去五台山向五哥求援，那麼大夥兒或許還有救。

孟良有感於都是因為自己太過自信的主張對遼兵窮追不捨，才會讓大夥兒陷入困境，心裡非常歉疚，便自告奮勇表示願意冒險前往五台山。

於是，當天夜裡孟良便趁著夜黑風高，偷偷摸到谷口，殺了一個巡邏的遼兵，換上他的衣服，火速朝五台山奔去。

不到一日，孟良順利來到了五台山，也找到了楊五郎延德，說明來意，急切的希望延德能趕緊去雙龍谷展開救援。可是，延德卻非常猶疑，先是說自己早已是出家之人，武藝早已荒疏，只怕就算趕去雙龍谷也派不上什麼用場，後來禁不住孟良再三懇求，以及念在六郎畢竟是自己同胞手足的分上，態度這才有些鬆動，頗為為難的表示自己的戰馬已死，現在就算是想要出征也是不可能的啊！

孟良急了，「你到底需要什麼樣的戰馬？」

延德說：「我對戰馬的標準很高，只有八王爺的『千里風』或是『萬里雲』中的任何一匹，我才能騎。」

為了讓延德出山，孟良遂立刻又風塵僕僕的趕往汴京，找到八王爺，想跟他借馬，然而八王爺說：「借什麼都可以，唯獨這兩匹馬是我的寶貝，我是絕對不可能讓牠們任何一個成為戰馬的。」

遭到八王爺的拒絕，孟良還是不死心，當下就打定主意，心想既然借不成，那就用偷的吧！

於是，孟良在八王爺的後花園放了一把無名火，趁亂偷偷跳上「千里風」，策馬便走。不一會兒，八王爺發現愛駒被盜，火冒三丈，親自跳上「萬里雲」追趕。結果，當孟良發現「萬里雲」果真比「千里風」跑得更快，馬上又捨了「千里風」來奪「萬里雲」，最後他騎著「萬里雲」像風一樣的來到了五台山。

五郎延德看孟良對弟弟如此忠誠，深受感動，總算願意即刻組織兵馬，揚起「楊家將」的旗號，以雷霆萬鈞之勢殺入雙龍谷，被困在裡頭的宋軍發現救兵到了，也立刻勇氣百倍，很快的就在裡應外合的情況下大敗遼軍。

危機解除以後，五郎延德又回五台山去。六郎延昭則派人將「萬里雲」送還到汴京給八王爺，並且還寫了一封非常誠懇的道歉信，不過，八王爺非但不追究盜馬之事，還笑著對來人說：「其實我不是真的不願意借馬，只不過是想試試孟良的本事，現在仗打贏了，我的愛駒也安然返回，真是再好不過了！」

如果說孟良給六郎延昭惹的亂子最後總算是化險為夷，那麼焦贊給延昭帶來的麻煩就幾乎造成了滅頂之災。

話說王欽聽說楊延昭領軍大敗遼兵的捷報之後，非常的不開心，不僅因為他實際上是蕭太后的心腹，處處都是站在遼國的立場著想，更因為他把楊延昭視為眼中釘、肉中刺，一直很想除之而後快，現在看到楊延昭居然還受到了嘉獎，當然是很不樂意了。

為了能夠澈底的除掉楊延昭，王欽便和樞密副使謝金吾密謀，想出了一條計策。

這天，謝金吾故意帶一支隊伍一路敲鑼打鼓、吵吵嚷嚷的從楊家天波樓前經過。楊家所擁有的天波樓與無佞府都是太宗所賜，朝廷裡無論哪一個文武大臣只要是騎著馬經過，都會特意下馬迴避，一方面是表示對先帝的尊重，另一方面也是表達對楊家的敬意，而謝金吾這個舉動在楊延昭母親佘太君看來，自然是充滿了挑釁，非常無禮。

佘太君很生氣，馬上去向真宗告狀。然而當真宗把謝金吾叫來，問他為什麼要這麼做的時候，謝金吾卻慢條斯理、不慌不忙的表示，天波樓位居交通要道，每逢遇到朝賀之日，文武官員都要先經過天波樓，在那裡下馬，他感覺實在是不妥。說著說著，謝金吾竟然對真宗說：「為了讓朝廷和聖上得到尊重，我請求陛下盡快拆了天波樓！」

一開始，真宗並沒有立刻採納這樣的建議，但是在謝金吾以及王欽不斷的煽風點火之下，真宗的立場逐漸動搖，最後竟然真的同意了，甚至還讓謝金吾去負責監督，宣布將擇日拆掉天波樓。

得知這個消息，佘太君又驚又怒，馬上去找八王爺，但是八王爺也束手無策，只得建議不如趕緊派人去佳山寨把六郎延昭給找回來一起商議。畢竟，楊令公已過世，楊家的男丁又幾乎都已凋零，現在只有延昭可以拿一下主意。

九妹遂即刻動身前往佳山寨，找到哥哥延昭，說母親希望他能夠回京一趟。延昭很為難，因為他身負鎮守佳山寨的重任，如果私自擅離職守那可是一項重罪啊！但年邁的老母親要他回去，他似乎又很難完全置之不理，這該怎麼辦呢？

九妹哀求道：「哥哥，母親著實很需要你，你還是回去一下吧，只要回去幾天，等到事情解決了，或者至少幫忙想出一個對策讓母親安心，你再趕快回來就是了。」

延昭沒辦法，只得對岳勝吩咐道：「母親要我回去一趟，我必須離開幾天，只要事情一處理完我就盡快回來，我不在的時候你們要好好的小心守衛山寨，千萬不可大意！」

延昭還特別叮嚀岳勝，別讓焦贊知道自己要回京，因為焦贊早就表示過想去京城看看，延昭擔心萬一讓焦贊知道自己此番是要回京，焦贊一定會死纏著非要跟來不可。

可是，消息靈通的焦贊到底還是知道了這個消息，而且果真就像延昭所預料的那樣，說什麼也不肯留下來，而堅持非要跟著延昭一起去京城走一遭，說要開開眼界。延昭拗不過他，無奈之下，只得帶焦贊同行。

哪知道後來焦贊果然惹出了很大的亂子……

回到京城以後，延昭把焦贊安頓在自家無佞府裡，並且特意派了將士專程陪著他，不讓他出去亂跑。頭幾天，焦贊有吃有喝倒也接受了這樣的安排，但是過了幾天以後就不耐煩了，吵著要出去走走，抱怨如果一直悶在屋子裡怎麼能算是來過京城了呢！

陪同的將士被他鬧得沒辦法，只得瞞著延昭偷偷帶焦贊溜了出去。焦贊總算得償夙願，在大街上逛來逛去，為京城的繁華讚佩不已。逛得累了，看到一家酒館，焦贊興致很高的拉著陪同的將士一起進去喝酒，一直到酒足飯飽才意猶未盡的離開了酒館，繼續在大街小巷漫無目的的閒逛。

經過一座富麗堂皇的宅第，聽到裡頭傳來熱鬧無比的歌舞聲，焦贊好奇的問道：「這是誰的家？這麼熱鬧！」

將士說：「別問了，快走吧！」

這時，已經有些微醉的焦贊彆扭起來，非要弄清楚這是誰的家，還嚷著說如果不告訴他，他就不走！

「好吧好吧，告訴你就是了——」

將士說，這裡就是當朝寵臣謝金吾的家，聽說就是他上奏皇上，迷惑皇上拆掉楊家的天波樓，事實上楊六郎此番就是為了這個事才回來的，因為老太太迫切的希望六郎能夠想想辦法，保住自家的房子。

「什麼！有這種事！」焦贊一聽，頓時熱血沸騰，不顧將士的攔阻，就逕自縱身跳過圍牆，跳進了謝家的院子裡！

接下來，焦贊還一股腦兒的見人就殺，轉眼就把謝家上上下下十三口全部殺光。

當謝家最後一個人也倒在血泊之中以後，焦贊這才稍微清醒了過來，意識到自己闖下了禍事。為了不想連累延昭，焦贊還在牆壁上用鮮血留下信息，表示自己是兇手，想要「一人做事一人當」。然而，這個幼稚的舉動對於保護延昭當然毫無用處，只不過是更快的就把大批官兵引到了楊家。

當時，延昭正在與母親商議該如何保住天波樓，家僕慌慌張張的衝過來報告，說焦贊殺了謝金吾家十幾口人，現在禁軍已經找上門來了！

延昭一聽，大吃一驚，頓足道：「唉！這個莽夫！就知道他會惹事！」

話音剛落，潮水般的禁軍就已經湧了進來，很快就捉住了延昭。焦贊在裡頭聽到動靜，衝出來一看，發現延昭被捉，非常憤怒，大吼一聲，便持著利刃殺了過來。

見焦贊如此凶狠的模樣，官兵們都有些膽怯，不自覺的都紛紛後退，不敢向前，可是延昭卻朝著焦贊怒喝道：「你闖下這麼大的禍，還不知罪？難道現在還想要拒捕嗎？」

焦贊說：「我一生殺人無數，哪裡還會在乎這十幾個？何況他們都是死有餘辜，我聽說都是這個姓謝的在暗中搗鬼──」

「放肆！」延昭打斷道：「還不趕快把刀放下，跟我一起去向朝廷請罪！」

「我不！」焦贊高聲叫道：「乾脆我們一起殺回佳山寨去好了！」

延昭怒視著焦贊，威嚴的喝道：「你再這麼胡說八道，我就親自砍下你的腦袋去請皇上恕罪！」

焦贊看延昭是真的發怒了，沉默片刻，只得把刀放下。

大殿之上，真宗親自審問楊延昭：「你不是應該在佳山寨防守嗎？怎麼會私自離開，潛回京城，還縱容部下殺害謝金吾一家？」

延昭坦誠，由於皇上下令近期就要拆掉天波樓，母親憂慮成疾，他不得已才私自離關數日，本想探望一下母親就回去，沒想到部下焦贊因一時激憤闖下大禍，這件事他實在是不知情。

另一頭，王欽則是言之鑿鑿的指責延昭是因為天波樓即將遭到拆除，對謝金吾懷恨在心，才會指使部下殺害謝金吾一家，請真宗一定要主持公道，嚴懲延昭。

所謂「嚴懲」，王欽的意思是懇請真宗將延昭斬首。真宗有些猶豫，差一點就要被王欽給說動了，最後在八王爺拚命求情的情況下，真宗才表示念在楊家將過去對朝廷有功的分上，免除楊延昭死罪，命法司衙門負責擬定如何將延昭與焦贊治罪。

承辦此案的法司官黃玉是王欽的親信，便聽從王欽的話，將延昭發配到遙遠的汝州三年，每年必須監造官酒兩百罈，焦贊則發往鄧州充軍。

延昭明明是一個難得的武將，現在卻把他發配到那麼偏遠的地方，而且命他監造官酒，這對他簡直是一項莫大的侮辱。得到消息以後，延昭的內心自然十分難受，可是面對愁苦的老母親和妻子，卻還得打起精神來安慰她們，說幸好只是三年，三年很快就過去了，到時候他就可以回來了。

延昭離開京城那天，老母親與妻子、以及兩個妹妹都一起來送別，一直依依不捨的送到十里長亭。延昭儘管內心澎湃，表面上仍然鎮定自若，不想讓家人擔心和傷心。

焦贊乘機湊過來小聲對延昭說：「我才不想去什麼鄧州充什麼軍，乾脆一會兒我在路上想辦法逃回寨裡，讓岳勝、孟良一起來幫忙，把你也劫走，我們再一起回寨！」

「不要胡說，」延昭小聲嚴詞道：「我罪不至死，你也只要忍耐個一年半載，到時候我們就可以重逢了。」

焦贊看看延昭，無奈的搖了搖頭，似乎是對延昭如此忠於朝廷毫無辦法，就這麼大笑著與延昭分別了。

楊六郎魏州救駕

沒能澈底除掉楊延昭，王欽當然還是感到不滿意。一個月之後，王欽就「再接再厲」，向真宗表示接到了密告，說楊延昭到汝州還不到一個月便開始偷偷私賣官酒，據說是想以此積聚錢財，謀反逃跑。

其實這完全是誣告，可是，真宗聽了，不明就裡便大為震怒，大罵道：「好哇！他讓部下殺死謝金吾一家，朕念其先人有功，姑且免他一死，沒想到現在他居然還敢私賣朝廷之物，簡直是膽大妄為，難以寬容！」

盛怒之下，真宗當即命團練正使呼延贊去汝州取楊延昭的首級回來！

聖旨一下，群臣愕然。八王爺極力為延昭辯護，認為延昭為人忠義，不可能做這樣的事，希望真宗明察，但真宗就是不聽，還很不高興的衝著八王爺不滿的說：「你就是這樣，總是為楊家說好話！」

八王爺一時語塞，不知道該說些什麼才好，只能默然而退。

呼延贊領命前往汝州，不久，果然帶著六郎延昭的首級回來覆命。群臣見延昭慘死，都很難過，就連真宗或許是因為想起了楊家以往的貢獻，似乎也有些不忍，因而一語不發。八王爺上奏道：「延昭既已伏罪被誅，懇請陛下將其首級發於無佞府，讓其家人埋葬，亦可表示陛下不忘功臣的心意。」

真宗沉默半晌，准奏。於是，不一會兒，無佞府就接到了六郎的首級，全家都非常驚駭，嚎啕大哭，隨後遵旨將六郎的首級埋葬。

當六郎被殺的消息傳到佳山寨的時候，岳勝和孟良在震驚之餘也和楊家人一

樣放聲大哭。

孟良說：「既然楊六郎死了，我們還守什麼關，不如大家散伙，從哪裡來就回哪裡去吧！」

於是，他們在山下建了一座廟宇，用來紀念六郎，然後大家平分了財物，又在一起痛飲一番之後，就這麼充滿惆悵的分手了。

於此同時，王欽眼見毒計得逞，終於把六郎害死了，欣喜萬分，趕緊寫了一封信，派心腹悄悄送到幽州給蕭太后，告訴蕭太后此時正是侵宋良機，建議太后立刻採取行動，保證自己會在朝中配合。

蕭太后收到這個情報，非常高興，馬上召集群臣商討侵宋大計。不過，有一個名叫師蓋的大將軍認為，就算楊家是亡了，宋朝的軍事實力還是相當強大，邊帥擁重兵者不下數十萬，如果輕易進攻，不一定有必勝的把握，還是應該用些計謀。

過了一個月左右，汴京忽然接到消息，說位於遼宋邊境的魏州境內有一個銅台，最近突然發生了一連串奇異的事，譬如池水變成美酒，樹葉裡也藏著瓊漿。

「哦，居然會有這樣的事？」真宗感到十分驚奇，不免有些蠢蠢欲動。

王欽看出真宗的心意，立刻適時的上奏，認為這是天降祥瑞，建議真宗不妨親自前去遊覽，眼見為實。此舉真可說是正中真宗的下懷，馬上任命呼延贊為保駕大將軍，宣布要起駕前往魏州觀賞奇景。八王爺和寇準等大臣雖然都感覺到有些不妥，但也毫無辦法，只得隨駕同往。

到了魏州的銅台一看，池中的水沒什麼特別，只不過是有些淡淡的酒味，樹葉裡包的也只不過是普通的高粱酒，和之前傳說的瓊汁玉液相去甚遠。

八王爺說：「這恐怕是遼人精心設計的圈套，為的就是要把陛下吸引過來，請陛下還是趕緊回京！」

真宗自己也覺得不大對勁，著急的下令班師回朝，然而卻已經來不及了，遼國大將蕭天佐（是蕭太后的大弟，和蕭天佑同為蕭太后的重要助力，可以說是蕭太后的左膀右臂），以及土金秀等人已經率領十一萬大軍將整個魏州團團圍住。

真宗嚇壞了，懊惱萬分，六神無主，只能頻頻問群臣這下該怎麼辦？

八王爺認為，他們顯然是中了計，而遼人長驅而來，其勢正銳，恐怕很難對付，不如先命各將領嚴守每一個城門，再派人連夜返回汴京去討救兵，等到援兵一到，內外夾攻，自然就可退敵。真宗早就已經沒了主意，一聽八王爺思路如此清晰的對策，深覺有理，就下令按八王爺的計畫去辦。

宋軍在城門圍牆之上看到遼兵烏聚雲集，聲勢很盛，一個個都面有懼色。這時，老將呼延贊按著劍，中氣十足的對士兵們喊話：「凡是兩國對戰，勝負關鍵在將領，不在兵之多寡，我看番兵人數雖多，但他們的將領未必有多大的本事，大家不要怕！」

呼延贊這番話一度激起了宋軍的信心，然而，第二天當呼延贊不敵遼將並且還被活捉之後，宋軍就更加的人心惶惶。

被圍了幾天以後，真宗不斷的長吁短嘆，一個勁兒的對著群臣訴苦：「怎麼辦？怎麼辦啊！現在還有誰能夠來為朕解圍啊？」

八王爺做了一個深呼吸，上前小心奏道：「番人向來只怕楊家，現在除了楊六郎，恐怕真的再也沒有別人能夠為陛下解圍，救陛下離開這裡了。」

「唉！現在說這些還有什麼用！六郎已經死了啊！」真宗打心底的懊喪不已。

不料，八王爺卻說：「不，六郎沒死……」

原來，當真宗一下令叫呼延贊去汝州取回六郎延昭的首級之後，八王爺、大臣寇準以及呼延贊就在一起做過一番緊急會商。不久，呼延贊到了汝州，見到汝州太守，給太守看皇上的聖旨，太守也是吃了一驚，再三保證延昭來到汝州以後，一直安分守己，哪有什麼私賣官酒的事，這種指控完全是無中生有，肯定是受到奸人的誣陷。呼延贊在確認了延昭無辜之後，就把寇準的計畫說了出來，請太守暗中協助，那就是從關在大牢裡的眾多死囚裡頭找一個容貌與延昭相像的人，取了他的首級，冒充是延昭，讓呼延贊帶回汴京覆命。

而對於楊家人來說，當他們被告知六郎已死的時候，他們的悲痛是千真萬確的，因為當時就連他們也都還被瞞在鼓裡，直到後來六郎喬裝成一個普通老百姓悄悄回到京城，然後悄悄回到家，家人這才驚喜萬分，趕緊把延昭藏在後花園的酒窖裡。

得知六郎延昭竟然沒死，處於危難之中的真宗也顧不上什麼欺君之罪，趕緊寫下赦書，要召延昭過來。八王爺自願擔負起這個任務，當天夜裡，趁遼兵不備，帶著赦書從小路突圍而出，一路直奔汴京。

一回到汴京，八王爺連氣都來不及喘一下又趕緊衝到楊家，見了佘太君，一方面把皇上對六郎的赦書拿出來，另一方面也說皇上現在的處境很危險，亟需延昭前去救駕。

不一會兒，延昭活生生的站在八王爺的面前。八王爺不由得感嘆道：「若不是寇準的妙計，今天要到哪裡去找六郎啊！」

六郎說：「佳山寨的人馬都已經散了，我得趕快先把大家再重新召集起來，才能趕去魏州救駕。」

八王爺當即和六郎約好分頭行動；八王爺先去調撥邊境的部隊，六郎則去召集佳山寨的人馬，然後再一起去魏州展開救援。

六郎首先到鄧州尋找焦贊的下落，卻一直打聽不到他的消息。直到有一天，六郎來到錦江口，無意中看到幾個和尚板著臉、一路低聲罵罵咧咧的經過，六郎覺得奇怪，便問他們要往哪裡去？和尚們抱怨有一個住在泗水堂的狂徒，強迫他們每天都得去超渡一個叫作楊延昭的人，把他們煩死了，但是不去又不行，誰不去就要挨他的打。

六郎一聽，笑道：「那你們再也不用超渡了，因為楊延昭根本沒死，我就是楊延昭！」

和尚們都很意外，趕緊把六郎帶到泗水堂，只見焦贊正睡在神案上打鼾呢。六郎上前把焦贊叫醒，兩人相見，恍若隔世，焦贊發現原來六郎沒死當然更是喜出望外。

緊接著，兩人又趕往佳山寨。還留在那裡的少數士兵說，岳勝和孟良帶著大部分的兵馬上了太行山，稱起了草頭天子。

六郎心想，這怎麼可以呢！隨即趕到太行山找到了孟良和岳勝。不過，岳勝對於要去救駕一事顯得不是那麼熱心。

岳勝對六郎說：「聖上總是聽信讒言，無緣無故就要致你於死地，你何必還要去救駕？乾脆在這裡就地稱王算了，我們都會效忠你的。」

然而，六郎正色道：「這是什麼話！占山為王，只不過是強盜的行徑，有什麼出息？大丈夫當盡忠報國，方能流芳百世，你們不要糊塗了！」

很快的，延昭就召集了所有過去的部下，一共精兵八萬多人，揚起「楊家將」以及「楊六郎魏州救駕」的大旗，浩浩蕩蕩的往魏州進發。

快到澶州的時候，六郎和八王爺所帶來的四萬人馬會合。不久，在延昭的率領之下，不僅大敗遼兵，成功救駕，也順利救回了呼延贊。

吃了敗仗的遼兵，則連夜灰不溜丟的逃回了幽州。

延昭本想乘勝追擊，請求真宗允許他率軍直搗幽州，可是真宗卻說出兵的時間長了，將士都已經很疲憊，還是先班師回朝，日後再議如何攻遼吧。延昭感到十分失望，認為是失去了一個大好的機會，但既然真宗執意馬上回京，他也無可奈何。

回到汴京以後，真宗加封楊延昭為三關都巡節度使，表示朝廷仍然非常需要倚重他來負責保障邊境的安寧。延昭欣然領命。家人也都很為他再度受到重用而感到欣慰不已。唯獨延昭的兒子宗保很失望；因為宗保想要跟著父親一起去三關，但是延昭說，宗保還小，只有十三歲，三關又是苦寒之地，叫他還是待在家裡，等過幾年以後再說吧。

11 奇異的陣勢圖

遼國蕭太后自大將蕭天佐從魏州兵敗歸來以後，就有些惶惶不可終日，擔心宋軍很快就會趁勝攻來。一天，蕭太后在與群臣商討一旦面臨宋軍兵臨城下該如何因應的時候，大臣韓延壽說，如今大遼宿將老帥都已難堪重任，建議太后不妨貼出榜文，公開召募能人勇將，及早防備宋人來侵。

這韓延壽本來是漢人，因為文武超群成為遼國的雙狀元，還被蕭太后召為女婿，甚受蕭太后所倚重。蕭太后聽了韓延壽的建議，覺得很有道理，馬上下令照辦。

沒過多久果然就有一個人前來揭榜。當士兵把這人領到蕭太后面前時，太后著實嚇了一大跳，因為這人的相貌實在是太怪異了！只見他身長一丈多，面如黑鐵，眼如金珠，兩臂筋肉都壯實得不得了，簡直就不像是一個普通人。太后在心裡嘖嘖稱奇之餘，也不禁好奇的問道：「壯士是哪裡人啊？」

來人回答道：「小臣祖居碧蘿山，姓椿名岩。」

太后又問：「你有什麼武藝？」

「兵書戰策，十八般武藝，樣樣精通。」

太后見椿岩回答得那麼有自信，非常高興，與群臣商議之後，封他為團營都總使，在朝中聽候調用。

蕭太后萬萬也想不到這個名叫椿岩的能人，看起來不像凡人，實際上確實也不是凡人，而是一個妖怪——椿木精。

這個椿木精又是在怎樣的因緣之下，才會跑來要幫蕭太后對付大宋的呢？

其實，椿木精只是一個棋子，真正要幫遼國的是仙人呂洞賓。

話說蓬萊山的兩位仙人鍾離和呂洞賓，一天在談論起人間形勢的時候，發現人間有萬丈紅光、千條殺氣，他們命仙童撥開雲霧看一看是怎麼回事，仙童回報，說這種異象是南朝龍祖與北番龍母相鬥所造成的，鍾離掐指一算，說：「這番殺氣還要持續兩年，可憐人間百姓還要受苦兩年啊！」

呂洞賓問：「師父覺得最終會是哪一邊贏呢？是龍祖還是龍母？」

鍾離毫不猶豫的回答：「當然會是龍祖戰勝。」

「既然如此，師父何不早早收了龍母，人間百姓也好免遭荼毒？」

「這怎麼行，」鍾離淡淡的說：「世事自有定數，哪能隨意更改？我們還是只管修行，別管這些閒事吧！」

等到稍後鍾離走了以後，呂洞賓卻突然心血來潮，有了一個念頭。長久以來，眾仙老是三不五時就取笑他太重酒色，不重修道，如今既然鍾離認為龍祖與龍母相爭，龍祖必勝，那麼他就偏偏要去幫幫龍母，好顯示一下自己的神通。於是，呂洞賓就把椿木精找來，把三卷六甲兵書交給他，交代他立刻去幽州揭蕭太后召募人才的榜文。呂洞賓並且表示，必要的時候自己也會親自降臨凡間，去助椿木精一臂之力。

這個「必要的時候」很快就來了。

話說真宗回到汴京不久，就召集群臣商議如何伐遼，想一雪魏州被圍之恥。商議結果，真宗決定採用光州節度使王全節「多管齊下、四路並進」的策略，首先命王全節為南北招討使，李明為副使，領兵五萬正面伐遼，同時還安排了澶州、雄州以及山后三路兵馬接應。

蕭太后聞訊後大驚，詢問眾臣誰可退兵？椿岩立刻上前報告：「陛下不要擔心，臣推舉一人，不但可以退宋兵，而且一定會使宋兵以摧枯拉朽之勢瓦解，在此人的輔佐之下，陛下要取中原實在是易如反掌。」

「真的？」蕭太后十分高興，「你推舉什麼人？」

「就是臣的師父，姓呂名

客，現在就在宮門外。」

蕭太后馬上宣呂客進來。這呂客的相貌可比他的徒弟要討喜多了，只見他文質彬彬，風度翩翩，舉止清雅，自信十足，太后心想，不錯不錯，看起來就像是一個奇才，趕緊熱切的詢問眼前該怎麼辦？

呂客不慌不忙的提了兩個建議：第一，宋人善戰者很多，不妨用陣圖來對付他們；第二，如今宋人大軍壓境，幽州軍馬不足以調遣，必須即刻向鄰近的鮮卑、森羅、黑水、西夏以及長沙等五國借兵，方可成大事。

呂客說：「只要能向這五國各借兵五萬，臣再排下南天七十二陣，宋君臣見了一定會心膽碎裂，拱手歸命。」

蕭太后聽了，大喜過望，稱讚呂客真是姜子牙和諸葛亮再世，當即封呂客為輔國軍師、北部內外兵馬正使。呂客謝恩而退之後，蕭太后又立刻派了五個使臣，帶著厚禮前往鮮卑等五國借兵。最後，蕭太后命韓延壽為監軍，統率二十五萬精兵，再加上從各國借來的二十五萬兵馬，一共集結了五十萬大軍，隨呂軍師出征。

大軍浩浩蕩蕩，沒幾天就來到了九龍谷，放眼望去是一片曠野。遼兵就地紮營，對面就是宋軍大營。

翌日，呂軍師召集諸將，取過陣圖，分付中營騎軍五千，離九龍谷一望之地，築起七十二座將台，每台令五千軍守之。另外又設立五壇，豎立旗號，按青黃赤白黑等五種顏色，內開甬道七十二路，往來通透……經過一連數日的布署，終於把變幻莫測的南天七十二陣排好了，隨即讓韓延壽和椿岩督戰。

這天，宋軍主帥王全節和副使李明一起出九龍谷看陣。當王全節看到遼兵布下了這麼複雜的陣圖，不由得大驚失色，滿懷憂慮的對李明說：「番家必有奇才在軍中，這下事情可難辦了……」

王全節話音剛落，遼將韓延壽和椿岩就雙雙騎著馬衝出來，厲聲高叫道：「宋將聽著！如果要武鬥就立即交鋒，要文鬥就看我們的陣圖，看你們認不認得！」

王全節回應道：「武鬥只是較力，不足為奇，等我們再整陣圖來破，方顯高低。」

椿岩笑道：「那你們就回去排陣吧，一定要叫你們輸得沒話說！」

說罷，韓延壽和椿岩就收兵還營。

而王全節和李明回到軍中以後，則非常苦惱。

王全節說：「我熟讀兵書，認識許多陣圖，唯獨今天這個陣圖我還真沒見過，太奇特了！怎麼辦呢？」

李明建議，不如把遼兵所布的陣圖畫成圖樣，奏明聖上，請聖上趕緊遣將來辨識。

「唉，也只能這樣了。」王全節遂將遼兵陣勢畫成圖樣，派騎兵連夜送往汴京。

真宗看過之後，非常吃驚，更讓他吃驚的是，當他把這個陣勢圖給滿朝文武大臣觀看的時候，竟然沒有一個人認得。

這可怎麼辦？

這時，大臣寇準說：「臣視陣圖，裡頭的變化還很多，眼前除非是去三關召來楊六郎，其他邊帥恐怕沒有人能認得這個陣勢。」

真宗又立即下令，把六郎延昭緊急召了回來。

六郎回到汴京，仔細看了陣勢圖之後，向真宗表示，他認為番邦不可能有人能夠布這樣複雜的陣勢，裡頭一定有內情，為求慎重起見，他想親自去前方看看。真宗准奏，馬上命六郎帶領人馬趕往九龍谷。

當哨馬報入王全節軍中，說楊六郎來了，王全節非常高興，趕緊和副將李明一起出營迎接。

翌日，六郎領著岳勝、孟良等人來到陣前。韓延壽認得六郎，心想六郎是將門出身，一定非常熟悉各種陣法，於是下令各營，依紅旗指揮，隨時變化。番營得令之後，一聲震響，陣圖立刻像排山倒海一般變化無窮。

六郎騎在馬上觀看了好久，才坦言對諸將說：「我見過那麼多的陣勢，但是像這麼複雜的倒還是頭一回見到，說是『八門金鎖陣』吧，又多了『六十四門』，說是『迷魂陣』吧，又有『玉皇殿』，變化這麼多，要怎麼破？先回去再議。」

六郎遂收兵還營。遼兵也不追趕。

王全節得知就連六郎也不認得遼兵所布的陣，非常著急，一迭聲的說：「如果連你也不認得，那恐怕就真的沒人認得了！」

緊接著，六郎有一個大膽的建議——為了鎮住敵人，也為了激勵士氣，他認為眼前最佳方案就是懇請御駕親征！

真宗接受了這樣的建議，命寇準監國，大將軍呼延贊保駕，八王爺監軍，親率大軍向九龍谷進發。

而遼兵這裡也不甘示弱，當韓延壽得知大宋皇帝將親臨前線，唯恐氣勢被比了下去，趕緊也派人趕回幽州去請蕭太后。蕭太后遂很快的做了一番安排，命耶律韓王監國，蕭天佐為保駕大將軍，耶律學古為監軍，也率著大批士兵來到了九龍谷。

眼看「龍祖」和「龍母」就要面對面的叫陣了。

這天，蕭太后一出馬，就衝著真宗大聲叫道：「你宋朝一統天下，還不滿足？這次要是你有本事破了我們這個陣，以後我們山后九郡都歸你們宋朝，可是如果你們破不了，那我可就要跟你平分天下！」

真宗高聲回應道：「你那些蠻夷之地，就算是送我我也不要，再說這個陣法也沒什麼難破！」

說罷，真宗便抽身還營，蕭太后也暫時收兵。

其實，真宗只是嘴硬，親臨前線之後，他感覺遼兵的陣勢看起來比王全節所畫的陣勢圖還要複雜。

「你們又都不認得這個陣法，怎麼破啊？」真宗責難道。

六郎說：「我父親還在世的時候，曾經說過三卷六甲兵書中下卷最難懂，因為都是些陰文妖術，我想這個陣勢圖很可能就是出自下卷——」

緊接著，六郎表示：「我母親或許能認得。」

真宗一聽，又燃起了希望，馬上派人帶著詔書星夜趕回汴京，趕到無佞府去請六郎的母親佘太君。

12 楊宗保的奇遇

佘太君接了聖旨，不敢耽擱，簡單收拾了一下就與使者即刻出發。正好此時她的愛孫宗保出去打獵還沒有回來，佘太君再三交代家人不要讓宗保知道。

稍後，宗保回來，發現奶奶不在，就問奶奶哪裡去了？可是，不管宗保怎麼問，家人都是推說「不知道」。宗保察覺家人的神情都不大自然，感覺裡頭一定有玄機，就不動聲色跑到外頭去打聽。問到北門守將，這才知道原來奶奶是接了聖旨上前線要幫忙破敵去了！

宗保一聽，很不高興，心想，前幾年想跟爹爹一起去邊境防守，爹爹不肯，總說我太小，現在我已經不小了，再過不久就算成年了，更何況現在連奶奶都要上前線，我有什麼不可以去的呢？我也要去！

主意打定，他連家也不回，立即策馬急追，想要趕上奶奶一行。他一路趕、一路問有沒有見到奶奶他們，得到的答案都是「見到了，不過已經過去很久了」。這麼一來，宗保的心裡更急，更加的快馬加鞭，拚命猛追。

宗保只顧趕路，生怕追不上奶奶，就連天色已晚、視線不佳也不肯停下來，還是埋頭苦追，結果就這麼不知不覺走錯了路，來到一個窮鄉僻壤，一個人也見不到。宗保十分著急，想要趕緊離開，可是林深月黑，根本就分辨不清方向。

正在慌亂間，忽然看到前方山谷中透出了一點亮光。宗保心想，那裡一定有人家，還是先去借住一宿好了，等到天一亮就繼續趕路。於是，他循著燈光前進，找到了一所很大的房子，看起來很像廟宇。宗保下了馬，把馬拴好，上前連叩數聲，大門開了，一個僕人把宗保帶了進去。不久，宗保看到一個婦人坐在大殿之上，兩邊還有儀從，感覺相當雄偉。

宗保拜於階下。婦人問道：「你是什麼人？為什麼深夜來到這裡？」

宗保就把緣由解釋了一番。婦人笑道：「你奶奶就算到了前線，也看不懂那些陣勢的。」

宗保覺得奇怪，正想追問，婦人卻做了一個制止的手勢，表明不願繼續這個話題，然後喚左右端了很多食物來款待宗保，叫宗保不要客氣。等吃過飯後，婦人主動拿出一本兵書交給宗保，對他說：「我在這裡已經快四百年了，沒什麼人來過，今天你來了，表示我們有緣。你把這本兵書的下卷讀熟，裡面有破陣的方法。」

婦人還告訴宗保，日後他會輔佐皇帝，打敗遼國，拜將封侯，不枉是楊家的子孫。

宗保接過兵書，放在懷裡，再三感謝。

等到天快亮的時候，婦人叫僕人指引宗保如何走出深山。宗保按著指引，走了好一會兒，終於走出大山，來到大路。不久，碰到一個當地人，經過詢問，宗保才得知深山裡曾經有一座擎天聖母廟，只是已經荒廢多時了。宗保覺得非常驚訝，摸摸懷裡，幸好兵書還在，於是他就趕快拿出兵書急急的讀了起來。

話說佘太君來到前線，剛到御營中去拜見過真宗以後，就帶著六郎和眾將領一起登上將台觀看陣勢。佘太君看了很久，只覺得此陣殺氣騰騰，且變化無窮，取出兵書再三對照，沒有一個符合。下了將台，佘太君對六郎說：「唉，這個陣圖別說我不懂，就算是你父親還在世恐怕也看不懂，如果我們楊家都看不懂，別人就更不可能認得了。」

眾人正在憂慮，忽然有士兵報告，說宗保來了。

六郎怒道：「他跑來這裡做什麼？」

說罷，宗保已經進了帳。宗保一看到六郎怒氣沖沖，開口便說：「爹爹，你是不是正在為了看不懂陣圖而煩惱呀？」

六郎瞪著宗保，不耐道：「你懂什麼！還不趕快回家去，免得我揍你！」

「爹爹別生氣，」宗保嘻皮笑臉的說：「我回家了，就沒人來幫你看陣圖啦！」

佘太君一聽，馬上問宗保：「乖孫子，你的意思是說你看得懂？你是說真的？這個事可不能開玩笑啊！」

「我沒開玩笑，我看得懂的。」

佘太君見宗保說得一本正經，便叫岳勝、孟良保護著宗保上了將台去看陣。

過了好一會兒，一回到帳中，宗保便笑咪咪的宣布：「這個陣確實是排得很巧，可惜沒有排全，很容易破的。」

六郎不信，威嚴的說：「好大的口氣，你可別胡說八道啊！」

佘太君則拉拉六郎，「你就讓他先說說看吧！」

宗保說：「這個陣確實不同一般，叫作『七十二座天門陣』，從九龍谷正北布起，內有七十二座將台，每台都有將領把守，路路相通。但這個陣還不周全，因為中台玉皇殿前，缺少七七四十九盞天燈，青龍陣下，少了黃河九曲水，白虎陣上，少了兩面虎眼金鑼和兩張虎耳黃旗，玄武陣上，則還欠缺兩面珍珠日月皂旗。就是因為還有這些不周全的地方，我只要依法調遣部隊，破這個陣就會像是秋風掃落葉一樣，包管把他們打得落花流水！」

宗保說得頭頭是道，在場的人聽得都呆掉了。

佘太君問：「乖孫啊，你是從哪裡學來的？」

宗保便將獲得兵書的一番奇遇說了一下。說完以後，六郎再也不懷疑，反而連連慶幸萬分的說道：「這真是皇上的洪福啊！」

他們趕緊奏明真宗，並很快商議了破陣的大好吉日。

不料，等到破陣當天，當六郎、宗保和眾將領再度登上將台看陣的時候，宗保卻赫然發現遼兵的陣勢已經不一樣了，先前缺漏的部分竟然已經全部都補齊了。

原來，是王欽把這項情報悄悄派人通知了蕭太后。蕭太后當天就把呂軍師叫來，很不高興的質問道：「你布下的陣為什麼會有幾處不周全？現在教敵人看出來了！」

呂軍師暗暗吃了一驚，因為他萬萬沒有想到在宋營中居然有人能夠認出這個陣。

「確實還有一些不周全的地方，」呂軍師說：「待我依法補齊，即使是軒轅氏再世也破不了了。」

就這樣，原本信心滿滿的宗保一看陣圖全變了，不禁一陣暈眩，「咕咚」一聲就從將台跌落下來，當場昏了過去。

六郎急忙將兒子扶回帳中，再把兒子救醒，問他到底是怎麼回事？

宗保哭喪著臉說：「不知道是誰洩漏了祕密，現在番兵的陣圖已經全部添補周全，除非是神仙下凡才破得了了！」

這麼一來，六郎也昏倒了！

佘太君則放聲大哭！

見到這種混亂的局面，眾將領也都驚慌失措，不知道該如何是好。

後來，還是八王爺先鎮定下來，把六郎的病情向真宗報告，建議真宗貼出個榜文，請名醫先治好楊六郎延昭，然後再出兵。

真宗准奏。榜文貼出的隔天，一個名叫鍾漢的老道就來揭了榜文，說他可以治好六郎的病。

13 穆桂英招親

鍾道士在看過六郎之後表示：「想治好楊將軍的病並不難，只需要兩味藥物，一個是龍母頭上的髮，一個是龍公頷下的鬚。」（頷，頸部以上、下巴以下的部位。）

這兩個東西要到哪裡去弄？

鍾道士又對真宗說：「『龍鬚』陛下就有，至於『龍母頭上的髮』則必須向遼國蕭太后去討。」

眾人聽了，都面面相覷，無言以對。如今兩國正在交戰，怎麼可能去向蕭太后討幾根她的頭髮呢？

稍後，愛子心切的佘太君把岳勝拉到一邊，小聲的說，她聽說四郎就在遼國，不但改名叫作木易，還做了蕭太后的駙馬，如果有人能夠祕密前往遼國找到四郎，四郎應該可以幫忙想想辦法。

「祕密前往遼國？」岳勝說：「我知道有人可以做這個事，而且這個人以前就做過。」

岳勝所說的人就是孟良。可不是嗎？孟良當年為了想幫忙找回楊令公的骸骨就曾經偷偷跑到遼國去，後來不僅把楊令公的骸骨取回來，還偷回一匹蕭太后的寶馬。

佘太君立刻把孟良找來，仔細交代一番，孟良也義無反顧的一口就答應了，並且即刻動身。

孟良到了幽州以後，假扮成遼國人，混進了駙馬府，找到了四郎，把六郎患病、急需龍母頭髮的事告訴了四郎。四郎保證一定會替弟弟弄到這個重要的東西，叫孟良過兩天再來取。

四郎的辦法很簡單，這個奇怪的東西也就是「龍母的頭髮」，他只要說是自己需要的就行了。於是，他就裝病，然後告訴公主，他這是老毛病，只要把龍鬚燒成灰和在水裡喝下去就會好了。公主急急忙忙的問，那龍鬚要到哪裡去找？四郎就說，蕭太后的頭髮就可以。就這樣，公主遣人去向蕭太后要來了好幾根頭髮，四郎乘機藏起幾根，然後悄悄交給了孟良。

孟良順利帶著「龍母的頭髮」回到宋營，鍾道士把「龍鬚」、「龍髮」一起拿去熬，六郎一喝果然就好了。真宗十分高興，因為六郎好了就表示可以帶軍去破陣了。

就在六郎猶豫著該怎麼向真宗報告現在已經無人可以破陣的時候，鍾道士居然對真宗說：「貧道這次來，不但要替楊將軍治病，還要替陛下破陣，我會詳細指示楊將軍應該怎麼做。」

真宗非常高興，六郎更是喜出望外。很快的，真宗就封鍾道士為軍師，凡是御營以下的將帥鍾道士都可以調遣。

鍾道士隨後又向六郎表示要收宗保為徒，並且說：「要想破陣，還需要一些人手——」

他隨即命呼延顯（另外一說是「呼延丕顯」，呼延贊的兒子）去太行山請金頭馬氏出山；焦贊回汴京無佞府，召六郎的兩個妹妹八姐和九妹，以及六郎的妻子柴郡主過來；岳勝到汾州口外洪都莊上，調回老將王貴；孟良則上五台山，召楊五郎。

任務分配完畢，眾人便各自領命而去。

得知自己負責要去五台山召楊五郎，孟良的心裡有些嘀咕；上回請五郎出山，是請他幫忙去救自己的親弟弟六郎，他都那麼不爽快，還指名非要八王爺的寶馬來充當坐騎，這回不知道又會有什麼要求？

果然，五郎說：「北國有兩條逆龍，一個是蕭天佑，另一個是蕭天佐，當年我在澶州降服了前者，現在要降服後者，就一定要先去一趟穆柯寨……」

原來，穆柯寨的後門有兩根降龍木，五郎說，只有把左邊那根降龍木取來給他做斧柄，他才能夠降服蕭天佐，否則就算出山也沒有用。

孟良遂立刻直奔穆柯寨。他原本以為去要一根降龍木是小事一樁，沒想到穆柯寨的寨主穆桂英，小名穆金花，是定天王穆羽的女兒，天生勇力過人，箭術精湛，又有神授三口飛刀，百發百中，非常厲害，孟良和她在山腳下一連鬥了四十幾個回合，最後居然落敗，不僅降龍木沒拿到，連自己所戴的金盔都被迫脫下來當作了「買路錢」。

孟良頗為狼狽的回到軍中，見了六郎，把事情說了一遍。六郎皺著眉頭說：「好像有一點棘手啊——」

年輕氣盛的宗保卻立刻對孟良說：「我跟你去走一趟，非要把那個降龍木要過來不可！」

於是，宗保率兵兩千，在孟良的帶路之下來到穆柯寨叫戰。穆桂英隨即全身披掛，在眾多嘍囉的鼓噪之下出來應戰。

宗保一見到穆桂英，有些意外，因為穆桂英一副巾幗英雌的氣概，和他原先所想像的女強盜的草莽形象完全不同。而宗保的英姿煥發，也令穆桂英產生了莫大的好感。

不過，穆桂英還正對著宗保有些發怔的時候，宗保已經開口大聲說道：「我聽說你的山寨上有兩根降龍木，請你把左邊那一根借給我，讓我去破陣，等到事成以後再好好答謝你。」

穆桂英聽宗保說得那麼不客氣，有些惱怒，便笑著說：「降龍木倒是有的，只要你能贏得了我，那麼兩根都借給你也沒有關係。」

宗保一聽，非常光火，轉身就對孟良說：「哼，等我收拾了她，待會兒我們再自己去砍那降龍木！」

說罷，宗保就挺槍直奔穆桂英，穆桂英則舞刀迎戰，兩騎相交，大戰到三十幾個回合的時候，穆桂英故意出個破綻，拍馬便走，心急的宗保趁勢猛追，然而剛轉過一個山坡，突然一支冷箭飛來，射中了宗保的坐騎，馬兒重重的摔倒，宗保也隨之被捉。

孟良見宗保被捉，急得不得了，雖然很想救應，寨上卻箭如雨下，根本無法靠前，只能就這麼眼睜睜的看著宗保被捉進了山寨。

孟良只得先下令在山下紮營，然後與手下緊急會商該如何把宗保給救回來。他們在緊張的氣氛中，迅速做了一番布署，然後開始攻寨！

這個時候距離宗保被捉，已經過一、兩個時辰了。

不料，攻寨行動才剛剛開始，就有一個小嘍囉朝著孟良大聲喊道：「寨主有請！」

孟良和幾個將士暫且停止攻擊，抓著武器十分狐疑的跟著小嘍囉走進山寨

——接下來，他們看到了一幅不可思議的景象：宗保居然好端端的坐在那兒，與寨主穆桂英對飲哪！

孟良一看，心裡大致已經有了譜，便笑著對宗保說：「小將軍怎麼只顧自己一個人在這裡快活，你快要把我們都給嚇死啦！」

原來，是穆桂英想要招宗保為夫婿哪。

孟良繼續說：「這是好事，不過現在軍情緊急，小將軍還是應該先回軍營，日後再來相會吧！」

宗保想想也是，只得告別了穆桂英，信誓旦旦的承諾不久就會來接她。

稍後，宗保回到軍中，向父親六郎報告取降龍木不順，還被寨主活捉招親的經過。六郎聽罷，怒不可遏，指著宗保大罵道：「國難當頭，我憂慮得坐臥不安，你居然還有這個心思臨陣招親，以致延誤了軍情，豈有此理！」

盛怒之下，六郎竟然下令要把兒子宗保推出去斬首！

幸好佘太君急忙勸阻，孟良也拚命替宗保求情，說宗保同意招親也是權宜之計，情非得已，最後六郎就下令將宗保先囚禁起來，等破了陣以後再來問罪。

第二天，孟良悄悄來探望宗保，看到宗保愁眉苦臉，便安慰道：「別不高興了，其實關起來也好，剛才鍾道士告訴我，說你會有二十日的血光之災，關在這裡反而安全，你就忍耐一下吧。」

宗保心裡掛念著穆桂英，也惦記著自己未完成的任務，就拜託孟良再去一次穆柯寨，一方面去借降龍木，一方面也設法把穆桂英帶回來，說穆桂英是女中豪傑，一定能為大宋效力。

孟良於是再次前往穆柯寨，向穆桂英轉達了宗保的意思。哪知穆桂英斷然拒絕，很不高興的說：「我怎麼可能離開山寨，還是你趕快回去叫你們小將軍過來，不過來的話我就去把他抓來！」

孟良見穆桂英如此凶悍，頗為愕然，「有道是『嫁雞隨雞，嫁狗隨狗』，你既然要嫁他，當然應該是你去軍營中和他相會，怎麼能叫他過來！」

「我不管！」穆桂英氣呼呼的說：「我就是要他過來！」

孟良默然而退。過了半晌，心想：「哼，如果不來一點狠的，只怕她是不會離開山寨的。」

這天夜裡，孟良又使出上回盜八王爺寶馬時同樣的伎倆，偷偷在寨後放了一把大火，剎那之間烈焰沖天，整個山谷都變紅了，嘍囉們都紛紛急急忙忙的去救火，亂成一團，孟良便趁亂砍下左邊那根降龍木，然後朝著五台山直奔而去。

孟良此舉實際上是「一石二鳥」，除了順利拿到五郎要的降龍木之外，也是想逼穆桂英下山。

果然，天亮之後，穆桂英看到山寨已經被無情的烈火燒得不成個樣子，嘆了一口氣，下令將還剩下的糧草裝上車，拔起穆柯寨金字旗號，就朝著宋營而去。

當六郎得知「穆寨主率部眾來到」，非常生氣，心想，都是這個潑婦勾引我的兒子，害他貽誤軍情，現在居然還敢找到這裡來？

六郎當即率兵五千，出軍大罵道：「還不快滾！再不滾我就要了你的命！」

穆桂英不認得眼前這個將軍就是自己的公公，如此沒頭沒腦被罵了一頓，也非常火大，大吼一聲：「真是不知好歹！我好意要來幫忙，憑什麼遭到這樣的羞辱？」

穆桂英隨即舞刀躍馬，直取六郎，六郎舉槍交戰，打了好幾個回合，不分勝負。這時，穆桂英又使出假裝不敵那一招，不一會兒，果然又把六郎給生擒了。

正在回寨的半路上，只見山坡後面旗幟招展，一隊僧兵攔住穆桂英的去路，原來是

楊五郎和孟良來了。穆桂英正要列開陣勢迎戰，孟良已經認出了她，也認出被縛在馬上的六郎，遂拍馬上前叫道：「哎呀，元帥怎麼被捉住啦？」

六郎板著臉，一句也不吭，臉色很難看。

穆桂英一聽，嚇了一跳，趕緊追問：「什麼！你說他是誰？」

「就是小將軍的父親啊！」

穆桂英趕緊跳下馬，迅速替六郎鬆綁，請六郎恕罪。六郎只得尷尬的接受了。

稍後，眾人一起回到軍中，六郎也把宗保放了出來，讓宗保和穆桂英相見。穆桂英也拜見了佘太君，佘太君很喜歡她，不斷的說：「真是我的好孫媳婦呀！」

14 楊宗保大破天門陣

很快的，不僅孟良帶回了楊五郎，楊宗保意外帶回了穆桂英，其他將領也都按照鍾道士的吩咐，完成任務，把王貴、金頭馬氏、楊八姐、楊九妹以及楊六郎懷有身孕的妻子柴郡主一一帶到軍中。

真宗對六郎說：「現在各方軍馬雖然都已經順利調齊，但還是要審慎而行，不要讓敵人得志而挫了我軍銳氣。」六郎領命而出以後，便召集諸將商議該如何破敵。

宗保勇敢的說：「昨天聽師父說，這兩天不適合出師，出師恐怕不利，如果不能擇日出師，那就讓我先打頭陣，探探敵人的虛實吧。」

第二天，兩軍對陣，遼軍由主帥韓延壽出陣。韓延壽見宋軍出陣的居然是一名小將，馬上大喝一聲：「乳臭未乾的小子！哪裡跑！」

韓延壽的聲音之響，猶如空中無端起了一個霹靂，宗保一聽，竟然立刻從馬上摔了下來！

幸好眾將領一個個都身手矯健，立刻衝上來把宗保救回營中。

宗保怎麼會這麼膽小怯懦呢？六郎十分不解，也十分憂慮。這時，鍾道士解釋，不是宗保膽小，也不是宗保不能打，只是因為他年紀未到，所以才難以殺敵。

那該怎麼辦？鍾道士說，必須奏明聖上，授以重任，賜宗保人馬，這樣就可以破陣了。

為了破敵，真宗果真下令築了一個拜將台，選了吉日，親率群臣到台上拜將。在宗保焚香宣誓之後，真宗親自為他掛上大元帥之印，封宗保為「征遼破陣上將軍」。

真宗還特別說：「宗保年幼，寡人賜他一歲，這樣宗保便是成年人了。」

現在，宗保可以正式率領諸將去破陣了。

為了澈底破陣，在鍾道士的指點之下，宗保命焦贊先去好好的探一探遼國所布下的天門陣。

焦贊有一個部下名叫江海，得知焦贊負責要去探陣，立刻就給焦贊出了一個主意。江海說，他的父親曾經做過蕭太后的內官，他也因此看過蕭太后所用的印，他有把握可以刻一個一模一樣的印，再偽造假的聖旨，試想，憑著「蕭太后的聖旨」，哪裡去不得？

焦贊大喜，稍後果然就靠著江海所做的假聖旨來到九龍谷，宣稱是蕭太后叫自己來巡視，然後依序查看了鐵門金鎖陣、青龍陣、白虎陣、太陰陣等等。焦贊就這麼大模大樣的一直走到蕭太后的御營附近，這才掉轉馬頭回到宋營。

焦贊向宗保報告，說番兵的陣圖奇異無比，路徑非常複雜，其中他認為太陰陣尤其難攻。

鍾道士卻笑道：「太陰陣中將會有兵變，我們就先去破此陣。」

鍾道士並且告訴宗保，金頭馬氏可以破太陰陣。宗保隨即對金頭馬氏說：「你率領精兵兩萬，從第九座天門陣攻進去，我們自然會有後軍接應。」

金頭馬氏率軍殺進陣中，太陰陣的主將是黃瓊女，竟然赤身裸體來敵。金頭馬氏一見便大罵道：「你好歹也是一國名將，還是西夏王的親生女兒，居然這麼不知羞恥！」

黃瓊女被罵得無話可說，羞愧的勒馬回到陣中。馬氏見台上刀槍密布，也不追趕，暫且收兵。

黃瓊女回到帳中以後，一直心緒難平。她不但想到自己不遠千里率眾而來，受此恥辱，實在難受，同時，也想起一件已經許久不曾想起的事。那就是在她小時候，曾經由鄧令公作媒，將她許配給楊令公的第六子，也就是楊六郎延昭，只是後來隨著鄧令公去世就沒有人再說起此事……想著想著，黃瓊女忍不住想到，聽說楊六郎此刻就在宋營之中，不如她投降宋朝，助楊六郎破了遼兵罷。

於是，黃瓊女派心腹偷偷送了一封信到敵營給馬氏。翌日，當馬氏再度殺入太陰陣時，黃瓊女非但不加以阻擋，還與馬氏聯手，造成遼兵大潰，馬氏更斬了遼國大元帥韓延壽前來巡陣的大將黑先鋒。

馬氏帶著黃瓊女前來拜見佘太君，佘太君很高興，讓黃瓊女與六郎相見，大家都紛紛賀喜。

之前鍾道士說太陰陣將有兵變，果真實現了。

接著，鍾道士又讓宗保派穆桂英負責攻打鐵門金鎖陣，柴郡主負責攻打青龍陣。對於這項指令，宗保顯得有些為難，因為母親有孕在身，怎麼能去破陣呢？

沒想到，鍾道士卻說：「就是要用你母親的孕氣來破陣，沒事的，放心罷。」

宗保這才按師父的吩

咐去做，但還是特別命孟良要注意保護母親。

穆桂英很快就大破鐵門金鎖陣，斬了遼將馬榮，然後又衝過來接應柴郡主。

而柴郡主一來到青龍陣前，就叫孟良率精兵一萬從龍腹殺出，自己則引大軍去打龍頭，與穆桂英會合。

由於廝殺過於慘烈，在戰鬥的過程中，柴郡主用力過猛，動了胎氣，大叫一聲「痛死我了！」，就跌下馬來，生下一個孩子，並且昏了過去。遼將鐵頭太歲見機不可失，回馬想要來捉柴郡主，幸好穆桂英像風一樣的及時趕到。

鐵頭太歲與穆桂英戰了幾個回合，見不能取勝，便化做一道金光想溜之大吉，沒想到被新生兒的血氣沖破，穆桂英趕緊抛起飛刀，把鐵頭太歲斬於陣中。黑水國的士兵群龍無首，沒一會兒便被孟良領軍殺死大半。桂英則救起柴郡主，抱起嬰兒，安全的回到營中。

佘太君抱著新生男嬰，愛不釋手，說這個孩子長得和他哥哥宗保小時候簡直完全一樣。後來，這個誕生於戰場上的男孩被取名為楊文廣。

話說遼國大元帥韓延壽一連輸了三陣，折了不少人馬，急忙召椿岩來商議。椿岩再三保證，宋軍再怎麼能戰也一定破不了接下來的迷魂陣。

而宋軍這兒，在連破太陰陣、鐵門金鎖陣以及青龍陣以後，鍾道士告訴宗保，可以讓他的父親六郎去破白虎陣。

翌日，六郎便率騎軍兩萬，殺奔北營，攻入白虎陣內。只見遼兵喊聲大震，勢如潮湧。最初，這個陣還不難對付，不料打了一陣，就在局勢對宋軍非常有利的情況之下，遼國將台忽然金鑼大響，緊接著黃旗閃開，先前的白虎陣突然變成了八卦陣，把六郎困在其中。

宗保見狀，非常著急，馬上命焦贊領兵五千從左門攻入，用石錘打破金鑼，又命黃瓊女領兵五千從右門攻入，將黃旗砍倒，這麼一來無論是八卦陣或是白虎陣，遼兵都已陣腳大亂。宗保還急忙叫穆桂英從中間殺入，救出父親，至於宗保自己則率岳勝、孟良等人緊隨在後負責接應。

眾人領命行事，果然順利救出六郎，也破了白虎陣。

翌日升帳，六郎對諸將說：「番兵所布的陣果然奇異，打到一半忽然就分不清方向了，昨日如果救兵不到，我看我就沒命了。」

宗保說：「爹爹既然破了白虎陣，我們現在應當乘勝追擊，去攻玉皇殿，只要把玉皇殿破了，剩下其他的一些陣自然也很容易破。」
六郎說：「聽說玉皇殿這個陣內高深莫測，你一定要仔細辨認和布署方可進兵。」
宗保回應道：「爹爹放心，孩兒明白。」
宗保請奶奶佘太君和兩個姑姑也就是楊八姐以及楊九妹擔任破玉皇殿的將領，並請老將王貴率大軍從正殿攻入。
這個陣是由異常勇猛的森羅國士兵負責防守，再加上陣內的情況確實非常複雜，宋軍在這個陣中吃足了苦頭，老將王貴還被遼國主帥韓延壽一箭射中了心窩。
得知宋軍受挫，宗保急忙再派出穆桂英率兵五千前去救應，又令人率兵抄至殿前，打破紅燈龍，讓遼兵不能變陣。經過一番驚險交戰，宋軍總算救回佘太君和楊八姐、楊九妹，也搶回了老將王貴的屍首。

這一戰，宋遼雙方各有傷亡。

之前樁岩口中提到極難對付的迷魂陣，宗保派出楊五郎出馬。楊五郎沒有讓大家失望，而且先前他所要的降龍木也確實派上了用場；楊五郎與遼將蕭天佐在連戰二十幾個回合以後，抽出降龍木，一把擊中蕭天佐的肩膀，又綽起大斧，把蕭天佐砍為兩段。迷魂陣也就這麼的破了。

接下來，在陸續又破了幾個陣以後，宗保認為時機成熟，決定要發動總攻。他還有一個大膽的想法——那就是希望真宗能夠親自上陣！

宗保認為這樣將可大大激勵宋軍將士的士氣。不過，儘管宗保再三向真宗解釋和說明自己的布署，保證眾將領一定會保證真宗的安全，但可想而知真宗當然還是頗為猶豫。王欽看出真宗的猶豫，上奏道：「陛下是萬乘之尊，怎麼能親自去破陣？」言下之意無非是說，這樣實在是太危險了。這兩句話真可說是正中真宗的下懷，或者說是替真宗說出了他的心聲。就在真宗即將拒絕親自上陣的建議時，幸好八王爺及時提醒真宗：「陛下這次親征不就是為了要破陣，現在正是勝負的關鍵時刻，怎麼還能猶豫呢？」

聽了八王爺這番話，真宗這才總算是下定了決心。

第二天，宋軍將士在真宗親自上陣的激勵之下，一個個奮勇殺敵，終於齊心協力把天門陣殺得七零八落。

呂軍師見狀大怒，乾脆命椿岩作起妖法，霎時日月無光，飛沙走石，宋軍的兩眼連睜都睜不開，轉眼君臣就全部被困於陣內，遼兵則從四面八方步步緊逼。正在危急關頭，鍾道士直奔陣前，將袍袖一揮，妖風頓時逆轉，吹倒遼兵，天地復明。

椿岩一看到鍾道士，急忙向呂軍師通報了一聲「鍾長仙來了，師父快走」之後，自己就等不及的化做一道金光先溜了。而呂軍師也就是呂洞賓在被鍾離訓斥了一番之後，無言以對，也只得默默的跟隨鍾離回到蓬萊仙山去了。

這一役，在楊宗保的領軍之下，宋軍大破天門陣，大獲全勝。遼兵則死傷慘重，就連主帥韓延壽也被焦贊活捉，然後被押回大營斬了。只有耶律學古等人拚死保護著蕭太后逃回了幽州。

15 大遼覆滅

過了兩天，真宗命王全節、李明在九龍谷築起關城，率本部人馬鎮守，其餘眾將則隨駕班師回朝。

戰後宗保到處尋找師父鍾道士，可怎麼也找不到，鍾道士就這樣消失得無影無蹤。宗保這才意識到一定是神仙下凡來幫助自己破敵，內心充滿感恩。

回到汴京以後，真宗論功行賞，對於楊家將包括幾位女將都加以犒賞。六郎奏明真宗，想回三關繼續鎮守，真宗很高興，直誇六郎真是一個忠義之臣，遂降旨令六郎去守三關，楊宗保則領禁軍守衛京城。

楊五郎對母親說：「孩兒佛緣未滿，還是讓我回五台山吧。」

佘太君十分通情達理，也不強留，五郎就帶著僧兵回五台山去了。

王欽回到府中，悶悶不樂的想著：「我來到中原轉眼都已經十八年了，始終沒有為蕭太后建功立業……」

想了很久，王欽終於又想出一條妙計。

王欽去見真宗，建議真宗不妨趁這次大勝、遼國一定正心生畏懼的時候，趕快派使臣前往召降，並且自告奮勇的表示願意擔任這個任務。真宗認為這個建議很好，便派王欽和周福兩個人一起帶著詔書前去遼國召降。

從汴京往幽州有兩條路，一條從黃河邊走，另一條是經過三關。王欽想到三關是由楊六郎防守，很是擔心，便藉口有重要的文書忘了帶，得盡速返回汴京去拿，要周福先走，說自己一定會隨後跟上，實際上王欽是想擺脫周福，獨自過黃河前往幽州。

王欽的顧慮不是沒有道理，周福帶著隨從一到三關地界便被六郎的巡邏兵攔住盤問。原來，六郎收到八王爺的信，說懷疑王欽私通遼國，要六郎攔截。可惜，六郎只攔住了周福，王欽則早就跑了。

王欽一到幽州，立刻去拜見蕭太后。剛剛吃了敗仗回來，蕭太后的心情正是非常氣悶，一看到王欽馬上拍案大罵，恨不得當場就把王欽砍頭。王欽再三解釋：「並不是我在南朝不盡心，其實這麼多年以來我無時無刻都是為了太后著想……」

王欽說，現在宋天子想要一統九州，他怕遼國在這次兵敗之後無法抵擋，因此說服宋天子讓自己帶著詔書前來召降。緊接著，王欽把自己的計謀說明一番，蕭太后聽罷，總算是轉怒為喜。

不久，王欽回到汴京覆命，說蕭太后願意投降，只是嫌自己的官階太低，認為自己不足以代表大宋，遂提出一個要求，希望真宗能夠另外派十個大臣到九龍飛虎谷與遼國正式議和，屆時蕭太后將送上遼國九州圖籍，向大宋稱臣。

真宗一聽，非常高興，立刻交代八王爺以及寇準、柴玉等十大朝臣前往九龍飛虎谷去取地圖。

其實，大臣們都感覺不妥，認為其中必有詐，但聖上有旨，又不好推辭。八王爺安慰道：「大家不用擔心，我們從三關經過一定會見到楊六郎，到時向他借些兵馬護送，保證沒事。」

就這樣，八王爺和十大朝臣走了幾天，來到三關地界，見到楊六郎。八王爺告訴六郎，真宗派他們去取地圖，還說：「這一定又是王欽的奸計，我們不啻是羊入虎口，所以想向你借兵護送，以破番人的陰謀，好讓我們全身而退。」

六郎一口答應，馬上召來孟良、岳勝、焦贊等二十多個大將，吩咐他們，說此行恐怕勢必會動干戈，一定要全力保護八王爺和所有朝臣。

岳勝說：「元帥說得很對，只是如果那些番兵認出我們，起了疑心，不肯投降，那該怎麼辦？」

六郎說：「我也這樣想過，所以我想讓你們都假裝成隨從，每個人都挑一個箱子，裡頭放著兵器，上面放著朝冠衣服，再用兩節竹筒，上節貯水，下節藏槍棒，番人如果問起，你們只要說是帶了飲用水，這樣的話，如果沒事最好，一旦有事，你們也可以隨機應變。」

岳勝等人遂依計行事，一切都盡速安排妥當以後，就隨著八王爺等一行人朝著九龍飛虎谷出發。

此時已是初冬時節，寒風拂面，大雁悲鳴，沿途所經過的都是古戰場，眾人的內心都有一種悲涼之感，頗為感慨。

而九龍飛虎谷這裡，蕭太后則派了大將耶律學古率精兵一萬在此等候。耶律學古和幾個副將早就勘查過地形，眼看四周都是絕路，只有東邊是一片平地，能夠容納五、六百人，於是就打算在平地那裡擺下酒席，到時再乘機制伏大宋朝臣，要挾宋天子和蕭太后平分天下，然後蕭太后再伺機出兵，謀取中原。

這便是王欽向蕭太后所獻的計策。目前看來，一切似乎都進行得相當順利，至少八王爺和十大朝臣這不是都來了。

大宋朝臣抵達之後的第二天，耶律學古就派人去請八王爺一行前來吃飯，說要好好的款待他們，同時還特意叮嚀說為表示一派祥和，希望大家都不要帶武器。

當耶律學古見到八王爺一行果真都沒有帶著兵馬應邀而來，心中不免大為竊喜。席間，耶律學古說：「地圖文書等明天再交給你們也不遲，今天請先看看我們的將軍舞劍吧！」

八王爺頗為不滿的說：「你說不能帶兵器，這裡又不是鴻門宴，為什麼要舞劍呢！」

可是，對於八王爺的抗議，耶律學古就像是沒聽見一樣，完全置之不理，轉眼之間遼將謝留就已經提著寶劍進來了。

其實，八王爺說得沒錯，耶律學古就是想要來演一齣鴻門宴，想叫謝留模仿當年的項莊，在舞劍時乘機對敵人下手。有一句俗話，「項莊舞劍，意在沛公」，就是脫胎自這段楚漢相爭的歷史，也就是項莊當時表面上是當眾表演舞劍，實際上是想殺了劉邦，只不過當年作為宴席主人的項羽並沒有殺劉邦的意圖，想殺劉邦的是項羽的軍師范增，而在項莊舞劍的過程中，劉邦暗中認下的親家項伯又一直在幫忙掩護，用一起舞劍為由不斷擋住項莊刺向劉邦的利劍，所以范增想借舞劍行刺劉邦的計畫才會以失敗告終，可是現在耶律學古很有把握自己所擺下的這個鴻門宴是一定會成功的，因為大宋朝臣手無寸鐵，毫無外援，他又不像項羽，他可是一心想送這些可惡的宋人上西天。

八王爺眼看勢頭不好，馬上大叫：「隨侍何在？」

孟良立即挺身而出，怒道：「你們會舞劍，但難道我們大宋就沒有壯士了嗎？我也一起來舞上一回！」

耶律學古見孟良氣宇軒昂，心想此人一定是武將，還是避免與他正面交鋒的好，便馬上又改口道：「算了，舞劍沒什麼意思，還是比射箭吧。」

孟良說：「行啊，要走馬射、穿楊射，都可以，我都奉陪！」

謝留則說，那些射法都沒意思，不如來比「奇巧射」，就是把一個大活人綁在柱子上，讓對手連發三箭，能巧妙避開的才是高手。

孟良聽了，在心裡暗笑道：「好傢伙，想暗算我，我一定要殺了他，來挫挫北番的銳氣。」

「可以啊，我跟你比，」孟良說：「哪個先射？」

謝留說：「我先射。」

孟良慨然允諾，任遼兵把自己綁在柱子上，身體完全不能動，只有兩手和腦袋可以擺動。八王爺等人看了，都非常擔心。

謝留走出幾步，拉開硬弓，開始射了。第一箭射去，被孟良用嘴巴緊緊咬住；第二箭，被孟良一手撥開；最後一箭，已經有些驚慌的謝留一箭射向孟良的肚子，可是因為孟良有穿戴護心鏡而射不進去。

謝留連射三箭都傷不了孟良，等到大家把孟良鬆綁，輪到孟良來放箭的時候，當然就是謝留的死期了。孟良一箭就正中謝留的腦袋。

耶律學古大怒，喝道：「來人啊！」

說時遲、那時快，五、六百個遼兵頓時紛紛騎馬衝了過來，岳勝、孟良和焦贊等人也紛紛趕緊從箱子裡拿出武器，與敵人展開廝殺，並且護送著八王爺和十大朝臣衝向谷口。只是這個時候，遼國伏兵盡出，已經將谷口牢牢堵住，岳勝等人只得保護大臣們先退回谷中。

耶律學古把宋朝大臣困住之後，立刻派人去幽州奏明蕭太后，請蕭太后領大兵前來相助，一舉成功。蕭太后欣然同意，詢問群臣誰願意作保駕先鋒？駙馬木易立刻應聲說：「小將願保護娘娘大駕，剿滅宋人。」蕭太后大喜，馬上下令封木易為保駕先鋒，率領女真、西夏、沙陀和黑水四國一共十萬人馬，浩浩蕩蕩前往九龍飛虎谷。

儘管多年來在幽州過著錦衣玉食的生活，但是木易一直沒有忘記自己從前是楊四郎，是楊令公的第四子，當年被蕭太后召為駙馬之後，他就一直想著該如何回到大宋。上回有機會為弟弟六郎要來蕭太后的頭髮，治好六郎的病，使他更加盼望此生還有與家人團聚以及報效國家的機會。現在，他感到一個大好的機會終於來了。

於是，四郎一到九龍飛虎谷，便暗中協助和保護八王爺及朝臣們。與此同時，孟良突圍而出，一方面去五台山找五郎，一方面又趕回三關去向六郎討救兵。

當五郎一看到孟良，忍不住說：「噯，我們又不是冤家，你為什麼要一次又一次的來找我麻煩？」

不過，在得知情況緊急之後，五郎還是趕緊先點了一千僧兵趕去救急。

而六郎聞訊，在準備出兵之餘，也派人趕去汴京報告朝廷。真宗獲悉原來所謂獻圖投降只不過是一個詭計，非常震怒，馬上命老將呼延贊為監軍，楊宗保為先鋒，率領大軍即刻啟程。臨行前，宗保回無佞府向家人辭行，佘太君讓八姐、九妹同行相助。

這場宋遼大戰，最後以宋軍大勝作為結束。宋軍後來一路殺進了幽州城，蕭太后在萬般無奈之下，自縊而死。而大遼各郡見幽州已破，也全部都望風歸降。

四郎則向妻子說明實情，幸運的是，妻子表示願意跟他一起回到中原。

而在大夥兒凱旋回到汴京以後不久，五郎還是決定要領著僧兵返回五台山。

16 不讓鬚眉的楊門女將

話說王欽眼見遼國戰敗，心知自己長久以來都在為遼國做內應的祕密一定很快就會敗露，於是慌慌張張的假扮成一個雲遊道人，連夜逃出汴京。

王欽的擔心果然不錯，真宗得知王欽出逃，果真無比憤怒的命楊宗保立刻率兵追趕，總算在黃河邊抓到了王欽。

後來，王欽被凌遲處死，屍首還被拋到荒野，下場非常悽慘。但是，想到王欽一直在暗中作惡，對於他的慘死，大家都一點也不同情，反而都說真是「善惡到頭終有報，只爭來早與來遲」。

就在宋軍大破幽州城後沒過多久，老將呼延贊中風而逝，真宗不勝哀悼，下令厚葬。此外，對於新的宋遼關係，真宗的安排是這樣的：不再把蕭太后的兩個兒子視為俘虜，反而讓他們返回遼國境內，鎮守舊境，今後年年向大宋進貢。

在犒賞有功將士這方面，真宗也做了一系列的安排：封楊六郎為代州節度使，兼南北都招討；楊宗保為階州節度使，兼京城內外都巡撫；楊四郎為泰州節度副使；岳勝為薊州團練使；孟良為瀛州團練使；焦贊為莫州團練使。其餘眾將領，也都各自加封官職，鎮守一方。楊家女將也都得到了封賞，八姐為金花上將軍，九妹為銀花上將軍，穆桂英等十四員女將都封為誥命副將軍。

六郎入宮謝恩後，讓岳勝等人各赴任所，部下中願意追隨的就自由同行，不願去的就賞賜金帛，讓他們回家安居樂業。

由於佘太君年老，六郎打算等過一段時間以後再上到任，在家多陪伴母親。

一天夜裡，發生了一件怪事。六郎在半夢半醒之際，彷彿見到父親站在窗外，而且還神情哀悽的告訴六郎，玉帝有感於他的忠義，封他為威望之神，只是他的骸骨至今還在異鄉，希望六郎能夠想辦法取回來安葬。

六郎十分吃驚，「不會吧？十多年前，孟良已經從幽州取回來了啊！」

「那是假的，你問四郎吧……」父親幽幽的說完，然後就消失了。

第二天一早，六郎趕緊向母親說了這件事。佘太君也很震驚，趕緊把四郎叫來一問，四郎果然說：「確實是這樣的，我還一直在想不知道該怎樣向母親啟齒……」

原來，當年孟良盜回來的骸骨果真是假的，真的骸骨到現在還留在幽州的望鄉台上。

佘太君問：「現在北方歸降，再派人去取應該不難了吧？」

四郎回答：「這個很難說，遼國人敬畏父親，將他奉為神明，怎麼還肯將真的骸骨歸還呢？明著去取，只怕又是假的，不如叫孟良去盜吧。」

孟良非常爽快的一口就把這個任務給應承了下來。

六郎提醒道：「聽說望鄉台那兒看守嚴密，要非常小心。」

孟良說：「放心吧，要是有人要攔我，我就給他一斧。」

說罷，孟良就準備立刻動身。

萬萬沒有想到，焦贊在無意中知道了這件事，心想：「我在元帥帳中多年，沒能為元帥做過什麼事，反而還差一點害他送命……」

多年前害六郎被貶到汝州，甚至差一點就被王欽害死的事，一直讓焦贊耿耿於懷，認為自己虧欠六郎很多。於是，焦贊有了一個想法，想要搶在孟良之前，偷偷先把楊令公的骸骨給盜回來。

當焦贊瞞著楊府上上下下，悄悄也趕往幽州的時候，萬萬沒有想到，就是因為他這個念頭，後來竟造成一連串莫大的悲劇。首先，孟良在陰錯陽差的情況之下誤斬了焦贊；其次，孟良發現自己居然殺了情同手足的同袍，非常傷心，在鄭重委託了一個可靠的老士兵將楊令公的骸骨送回汴京交給六郎以後，也自刎而死；最後，自從孟良和焦贊兩人死後，六郎一直悶悶不樂，再也沒有心思赴任，不久得了重病，一病不起，年僅四十八歲。

時間一晃眼的過去，在平定北方遼國以後，大宋邊境平靜了幾十年。不料在真宗皇帝駕崩、仁宗皇帝繼位之後，和平又被打破了。那是因為西夏國王李穆見宋朝良將老的老、死的死，在丞相的慫恿之下，起了野心，想要侵犯中原。

面對西夏入侵，仁宗忙問群臣誰可領軍退敵，大臣柴玉說：「臣推舉楊宗保，他不僅是京城內外都巡撫，也是三代將門豪傑、鼎鼎大名的楊令公的孫子！」

仁宗大喜，馬上封楊宗保為征西招討使，呼延顯、呼延達為副使，大將周福、劉閔為先鋒，發兵五萬，即刻啟程去退西夏兵。

臨行前，宗保去無佞府向奶奶佘太君辭行，佘太君鼓勵宗保此番領兵出征，一定要審時度勢，謹慎調遣，不要損了楊家的威風。

「我會的，奶奶。」宗保遵命而去。

此時正是十二月，天氣嚴寒，北風呼嘯，宋朝人馬浩浩蕩蕩直抵焦河口，在離雄州十五里的地方下寨。

翌日，雙方開始交戰。本來西夏兵並不是宋軍的對手，沒想到西夏兵中居然有人會妖法，又順利從森羅及黑水兩國借兵，結果，戰爭持續一段時間以後，反而是宋軍死傷慘重，整個雄州被圍得水洩不通，就連楊宗保也受了重傷，不能出戰，只得派呼延顯趕緊回汴京去討救兵。

呼延顯先在深夜潛至城外，跑到西夏營去放火，然後趁著西夏兵忙於救火的時候，好不容易這才殺出重圍，快馬加鞭，一路餐風露宿，直奔汴京。

回到京城以後，呼延顯當然是火速趕去向仁宗報告，請求趕緊派兵趕往雄州救援。沒想到，仁宗得知軍情，雖然也很吃驚和憂慮，但一時卻找不到什麼良將領兵去救援。

呼延顯心急如焚，退朝以後衝到無佞府。這天剛巧是宗保四十歲生日，雖然宗保不在家，但四代同堂的楊家還是張燈結綵、喜氣洋洋，全家一起在為宗保過生日。呼延顯顧不了那麼多，只得打斷楊府喜慶的氣氛，趕快把前線危急、宗保受傷、朝廷無將可派等等這些事，一口氣統統都說了。

佘太君一聽，愣了半晌，然後站了起來，把酒杯用力擲在地上，大聲說：

「救兵如救火，當然應該立刻發兵才是！我們楊門女將當年也曾南征北戰，為國立功，不讓鬚眉，如今國家有難，宗保又受了傷，我們怎麼能夠坐在這裡袖手旁觀！」

說罷，佘太君叫家僕給她一個大酒杯，並且為她斟滿酒，緊接著舉杯對著一屋子的兒媳們以及孫媳婦們說：「來啊！跟我乾了這一杯，大家就重整戎裝，跟我一起去前線殺敵吧！」

聽了佘太君的話，大家都熱血沸騰，端起酒杯，一飲而盡。

佘太君又吩咐大家趕緊準備衣甲，然後要兒媳柴郡主以及孫媳婦穆桂英跟自己一起進宮去求見聖上，當面請求仁宗准許楊門女將出征，為國效力。

仁宗十分感動，忙召群臣商議。大臣柴玉說：「朝廷正愁沒有良將，楊門女將個個都是英雄，正好讓她們統兵前去。」

仁宗當即封穆桂英為元帥，領五萬兵馬，率十二名楊門女將趕去雄州展開救援。

這一年，當初那個誕生在戰場上的小嬰兒楊文廣已經十五歲了，也吵著要去，穆桂英原本不想讓他去，說他年紀還小，其實是愛護他，想保護他，就像當年六郎不想讓宗保太早上戰場一樣，然而，此時的文廣也就像是當年的哥哥宗保，十分固執，一再表示非去不可。後來，在文廣展示了自己在騎馬射箭等各方面出色的本事以後，穆桂英終於同意帶他一起上前線。

文廣到了前線以後，奮勇殺敵，表現非常不俗，眾人都說真不愧是一名楊家將。

有了救援，魏州城內的宋軍立刻士氣大振，不久就在裡應外合之下，打敗了敵人。不僅如此，在宋軍大獲全勝以後，穆桂英率著眾女將進城，見到了宗保，宗保認為不妨趁現在西夏兵敗，一鼓作氣攻取西夏國的連州城，也就是西夏國王李穆所在的地方，平定西方邊患，一勞永逸。穆桂英十分贊同。翌日，夫妻倆便聯袂揮師西進，直取連州。

西夏國王李穆見到很多殘兵敗將陸陸續續逃了回來，十分心驚，這個時候他終於後悔了，後悔不該聽信丞相的話，無端跑去進犯中原，以致招此大禍。不過，李穆還來不及多想，

就已經得到更可怕的消息，那就是宋軍已經將整個連州城都包圍起來了！

李穆一聽，頓時嚇得魂飛魄散，眼前各個大將幾乎都已戰死，宋軍又來勢洶洶，還有誰可以率兵迎戰呢？

這時，李穆的大女兒金花公主站了出來，表示願意出戰。

李穆擔憂的說：「只怕你不是宋人的對手——」

金花公主不服氣，「我自幼習武，精通兵法，爹爹何必長他人志氣，滅自己的威風呢？」

於是，李穆就抱著僥倖的心理，命金花公主領兵兩萬，開西門迎戰。

金花公主剛剛來到城外，就遇上楊門女將楊九妹。兩騎相交，金花公主果然相當厲害，只鬥了幾個回合，九妹的刀法就漸漸亂了，敗陣而去，金花公主乘勝追趕，然而就在快要追近九妹的時候，被趕過來搶救九妹的楊八姐一箭射中，當場身亡。

李穆見愛女戰死，極為悲傷，下令堅守城池。這樣又堅持了幾天，出城迎戰的將領再度戰死，士兵也紛紛投降，李穆眼看大勢已去，這才下定決心投降，表示今後將年年進貢，朝奉天朝，不敢再有反叛之心。

宋軍在連州駐紮了幾天以後，楊宗保見邊境安寧，就與穆桂英一起班師回京。他們出發當天，西夏百姓都扶老偕幼的在大路兩旁相送。跟他們一起回到汴京的還有西夏國王李穆，另一個女兒百花公主。後來，百花公主成了楊文廣的妻子。

回到汴京那天，仁宗則是非常難得的親自出城迎接。不久，仁宗下旨論功行賞，加封楊宗保為上柱國大將軍，呼延顯等將領都被封為節度使，穆桂英及眾多楊門女將也都加封為誥命將軍。

就這樣，楊家將再次為國家做出了極大的貢獻，他們一家對於國家的耿耿忠心，一直被廣大百姓所稱道。後來，楊文廣也同樣領兵東征西討，為宋朝立下赫赫戰功，同時，也不斷延續著楊家將的故事……

國家圖書館出版品預行編目資料

楊家將 / 管家琪改寫；蔡嘉驊圖. -- 初版. --
台北市：幼獅, 2014.12
面；　公分. -- (故事館；32)

ISBN 978-957-574-976-7（平裝）

859.6　　103020361

・故事館032・
楊家將

改　　寫＝管家琪
繪　　圖＝蔡嘉驊
出 版 者＝幼獅文化事業股份有限公司
發 行 人＝李鍾桂
總 經 理＝王華金
總 編 輯＝劉淑華
主　　編＝林泊瑜
編　　輯＝周雅娣
美術編輯＝游巧鈴
總 公 司＝(10045)台北市重慶南路1段66-1號3樓
電　　話＝(02)2311-2832
傳　　真＝(02)2311-5368
郵政劃撥＝00033368

門市
・松江展示中心：(10422)台北市松江路219號
電話：(02)2502-5858轉734　傳真：(02)2503-6601
・苗栗育達店：36143苗栗縣造橋鄉談文村學府路168號（育達科技大學內）
電話：(037)652-191　傳真：(037)652-251

印　刷＝崇寶彩藝印刷股份有限公司
定　價＝250元
港　幣＝83元
初　版＝2014.12
書　號＝987227

幼獅樂讀網
http://www.youth.com.tw
e-mail:customer@youth.com.tw

行政院新聞局核准登記證局版台業字第0143號

幼獅文化公司／讀者服務卡／

感謝您購買幼獅公司出版的好書！
為提升服務品質與出版更優質的圖書，敬請撥冗填寫後（免貼郵票）擲寄本公司，或傳真（傳真電話02-23115368），我們將參考您的意見、分享您的觀點，出版更多的好書。並不定期提供您相關書訊、活動、特惠專案等。謝謝！

基本資料

姓名：……………………先生／小姐

婚姻狀況：□已婚 □未婚 職業：□學生 □公教 □上班族 □家管 □其他

出生：民國……………年……………月……………日

電話：（公）……………（宅）……………（手機）……………

e-mail：……………………

聯絡地址：……………………

1.您所購買的書名：**楊家將**

2.您通常以何種方式購書?：□1.書店買書 □2.網路購書 □3.傳真訂購 □4.郵局劃撥
（可複選） □5.幼獅門市 □6.團體訂購 □7.其他

3.您是否曾買過幼獅其他出版品：□是，□1.圖書 □2.幼獅文藝 □3.幼獅少年
□否

4.您從何處得知本書訊息：□1.師長介紹 □2.朋友介紹 □3.幼獅少年雜誌
（可複選） □4.幼獅文藝雜誌 □5.報章雜誌書評介紹……………報
□6.DM傳單、海報 □7.書店 □8.廣播（ ）
□9.電子報、edm □10.其他……………

5.您喜歡本書的原因：□1.作者 □2.書名 □3.內容 □4.封面設計 □5.其他

6.您不喜歡本書的原因：□1.作者 □2.書名 □3.內容 □4.封面設計 □5.其他

7.您希望得知的出版訊息：□1.青少年讀物 □2.兒童讀物 □3.親子叢書
□4.教師充電系列 □5.其他

8.您覺得本書的價格：□1.偏高 □2.合理 □3.偏低

9.讀完本書後您覺得：□1.很有收穫 □2.有收穫 □3.收穫不多 □4.沒收穫

10.敬請推薦親友，共同加入我們的閱讀計畫，我們將適時寄送相關書訊，以豐富書香與心靈的空間：

(1)姓名……………e-mail……………電話……………
(2)姓名……………e-mail……………電話……………
(3)姓名……………e-mail……………電話……………

11.您對本書或本公司的建議：

廣　告　回　信
台北郵局登記證
台北廣字第942號

請直接投郵　免貼郵票

10045　台北市重慶南路一段66-1號3樓
幼獅文化事業股份有限公司

請沿虛線對折寄回

客服專線：02-23112832分機208　傳真：02-23115368
e-mail：customer@youth.com.tw
幼獅樂讀網http：//www.youth.com.tw